Gustave Masson, Pierre Corneille

La suite du Menteur

A comedy in five acts

Gustave Masson, Pierre Corneille

La suite du Menteur
A comedy in five acts

ISBN/EAN: 9783337108281

Printed in Europe, USA, Canada, Australia, Japan

Cover: Foto ©Andreas Hilbeck / pixelio.de

More available books at **www.hansebooks.com**

𝕻itt 𝕻ress 𝕾eries.

LA SUITE DU MENTEUR,

A COMEDY IN FIVE ACTS,

By P. CORNEILLE,

EDITED

WITH FONTENELLE'S MEMOIR OF THE AUTHOR,
VOLTAIRE'S CRITICAL REMARKS, AND NOTES
PHILOLOGICAL AND HISTORICAL,

BY

GUSTAVE MASSON, B.A.

UNIV. GALLIC.
ASSISTANT MASTER AND LIBRARIAN OF HARROW SCHOOL.

EDITED FOR THE SYNDICS OF THE UNIVERSITY PRESS.

Cambridge:
AT THE UNIVERSITY PRESS.

London: CAMBRIDGE WAREHOUSE, 17, Paternoster Row.
Cambridge: DEIGHTON, BELL, AND CO.
Leipzig: F. A. BROCKHAUS.

1878

PREFACE.

ALTHOUGH *La Suite du Menteur* is somewhat inferior to the comedy of which it forms the sequel, yet it may be considered as one of Corneille's most agreeable works, and Voltaire himself, no mean judge in matters of taste, esteemed it very highly. In preparing this edition I have made frequent use of M. Godefroy's *Lexique comparé de la langue de Corneille* (2 vols. 8vo. Paris, 1862), and of M. Génin's *Lexique comparé de la langue de Molière* (8vo. Paris, 1846). Voltaire's notes are added at their proper places, and I have inserted by way of biographical sketch, Fontenelle's memoir of his uncle, an essay which is justly regarded as a model of its kind.

GUSTAVE MASSON.

HARROW, 1877.

VIE DE CORNEILLE,

PAR FONTENELLE.

Pierre Corneille naquit à Rouen, en 1606, de Pierre Corneille, maître des eaux et forêts en la vicomté de Rouen, et de Marthe le Pesant. Il fit ses études aux Jésuites de Rouen, et il 5 en a toujours conservé une extrême reconnaissance pour toute la société. Il se mit d'abord au barreau, sans goût et sans succès. Mais une petite occasion fit éclater en lui un génie tout différent ; et ce fut l'amour qui la fit naître. Un jeune homme de ses amis, amoureux d'une demoiselle de la même ville, le mena chez 10 elle. Le nouveau venu se rendit plus agréable que l'introducteur. Le plaisir de cette aventure excita dans Corneille un talent qu'il ne connaissait pas, et sur ce léger sujet il fit la comédie de *Mélite*, qui parut en 1625. On y découvrit un caractère original ; on conçut que la comédie allait se perfectionner ; 15 et, sur la confiance qu'on eut au nouvel auteur qui paraissait, il se forma une nouvelle troupe de comédiens.

Je ne doute pas que ceci ne surprenne la plupart des gens qui trouvent les six ou sept premières pièces de Corneille si indignes de lui, qu'ils les voudraient retrancher de son recueil, 20 et les faire oublier à jamais. Il est certain que ces pièces ne sont pas belles ; mais outre qu'elles servent à l'histoire du théâtre, elles servent beaucoup aussi à la gloire de Corneille.

Il y a une grande différence entre la beauté de l'ouvrage et le mérite de l'auteur. Tel ouvrage qui est fort médiocre n'a pu 25 partir que d'un génie sublime ; et tel autre ouvrage qui est assez beau a pu partir d'un génie assez médiocre. Chaque siècle a

un certain degré de lumières qui lui est propre : les esprits
médiocres demeurent au-dessous de ce degré ; les bons esprits y
atteignent, les excellents le passent, si on le peut passer. Un
homme né avec des talents est naturellement porté par son
5 siècle au point de perfection où ce siècle est arrivé ; l'éducation
qu'il a reçue, les exemples qu'il a devant les yeux, tout le conduit jusque-là : mais s'il va plus loin, il n'a plus rien d'étranger
qui le soutienne ; il ne s'appuie que sur ses propres forces, il
devient supérieur aux secours dont il s'est servi. Ainsi, deux
10 auteurs, dont l'un surpasse extrêmement l'autre par la beauté de
ses ouvrages, sont néanmoins égaux en mérite, s'ils se sont
également élevés chacun au-dessus de son siècle. Il est vrai
que l'un a été bien plus haut que l'autre ; mais ce n'est pas qu'il
ait eu plus de force, c'est seulement qu'il a pris son vol d'un
15 lieu plus élevé. Par la même raison, de deux auteurs dont les
ouvrages sont d'une égale beauté, l'un peut être un homme fort
médiocre, et l'autre un génie sublime.

Pour juger de la beauté d'un ouvrage, il suffit donc de le
considérer en lui-même ; mais pour juger du mérite de l'auteur,
20 il faut le comparer à son siècle. Les premières pièces de Corneille, comme nous avons déjà dit, ne sont pas belles ; mais
tout autre qu'un génie extraordinaire ne les eût pas faites. *Mélite* est divine, si vous la lisez après les pièces de Hardy, qui
l'ont immédiatement précédée. Le théâtre y est sans compa-
25 raison mieux entendu, le dialogue mieux tourné, les mouvements
mieux conduits, les scènes plus agréables surtout ; et c'est ce
que Hardy n'avait jamais attrapé : il y règne un air assez noble,
et la conversation des honnêtes gens n'y est pas mal représen-
tée. Jusque-là on n'avait guère connu que le comique le plus
30 bas, ou un tragique assez plat ; on fut étonné d'entendre une
nouvelle langue.

Le jugement que l'on porta de *Mélite* fut que cette pièce
était trop simple, et avait trop peu d'événements. Corneille,
piqué de cette critique, fit *Clitandre*, et y sema les incidents et
35 les aventures avec une très-vicieuse profusion, plus pour cen-
surer le goût du public que pour s'y accommoder. Il paraît
qu'après cela il lui fut permis de revenir à son naturel. La

Galerie du Palais, la *Veuve,* la *Suivante,* la *Place Royale,* sont
plus raisonnables. Nous voici dans le temps où le théâtre devint florissant par
la faveur du cardinal de Richelieu. Les princes et les ministres
n'ont qu'à commander qu'il se forme des poëtes, des peintres, 5
tout ce qu'ils voudront, et il s'en forme. Il y a une infinité de
génies de différentes espèces qui n'attendent pour se déclarer
que leurs ordres, ou plutôt leurs grâces. La nature est toujours
prête à servir leurs goûts. On recommença alors à étudier le théâtre des anciens, et à 10
soupçonner qu'il pouvait avoir des règles. Celle des vingt-
quatre heures fut une des premières dont on s'avisa : mais on
n'en faisait pas encore trop grand cas, témoin la manière dont
Corneille lui-même en parle dans la préface de *Clitandre,* im-
primée en 1632. "Que si j'ai renfermé cette pièce, dit-il, dans 15
"la règle d'un jour, ce n'est pas que je me repente de n'y avoir
"point mis *Mélite,* ou que je me sois résolu à m'y attacher doré-
"navant. Aujourd'hui quelques-uns adorent cette règle, beau-
"coup la méprisent ; pour moi, j'ai voulu seulement montrer
"que si je m'en éloigne, ce n'est pas faute de la connaître." 20
Ne nous imaginons pas que le vrai soit victorieux dès qu'il
se montre ; il l'est à la fin, mais il lui faut du temps pour sou-
mettre les esprits. Les règles du poëme dramatique, inconnues
d'abord ou méprisées, quelque temps après combattues, ensuite
reçues à demi, et sous des conditions, demeurent enfin maî- 25
tresses du théâtre. Mais l'époque de l'établissement de leur
empire n'est proprement qu'au temps de *Cinna.*
Une des plus grandes obligations que l'on ait à Corneille
est d'avoir purifié le théâtre. Il fut d'abord entraîné par l'usage
établi, mais il y résista aussitôt après ; et depuis *Clitandre,* sa 30
seconde pièce, on ne trouve plus rien de licencieux dans ses
ouvrages.
Corneille, après avoir fait un essai de ses forces dans ses six
premières pièces, où il s'éleva déjà au-dessus de son siècle, prit
tout à coup l'essor dans *Médée,* et monta jusqu'au tragique le 35
plus sublime. À la vérité il fut secouru par Sénèque ; mais il
ne laissa pas de faire voir ce qu'il pouvait par lui-même.

Ensuite il retomba dans la comédie: et si j'ose dire ce que
j'en pense, la chute fut grande. *L'Illusion comique*, dont je
parle ici, est une pièce irrégulière et bizarre et qui n'excuse
point, par ses agréments, sa bizarrerie et son irrégularité.   Il y
5 domine un personnage de capitan, qui abat d'un souffle le grand
Sophi de Perse et le grand Mogol, et qui une fois en sa vie
avait empêché le soleil de se lever à son heure prescrite, parce
qu'on ne trouvait point l'Aurore.   Ces caractères ont été autrefois fort à la mode: mais qui représentaient-ils? à qui en vou-
10 lait-on?   Est-ce qu'il faut outrer nos folies jusqu'à ce point-là
pour les rendre plaisantes ?   En vérité, ce serait nous faire trop
d'honneur.

Après *l'Illusion comique*, Corneille se releva plus grand et
plus fort que jamais, et fit *le Cid*.   Jamais pièce de théâtre
15 n'eut un si grand succès.   Je me souviens d'avoir vu en ma vie
un homme de guerre et un mathématicien qui, de toutes les
comédies du monde, ne connaissaient que *le Cid*.   L'horrible
barbarie où ils vivaient n'avait pu empêcher le nom du *Cid*
d'aller jusqu'à eux.   Corneille avait dans son cabinet cette
20 pièce traduite en toutes les langues de l'Europe, hors l'Esclavone
et la Turque : elle était en Allemand, en Anglais, en Flamand ;
et par une exactitude Flamande, on l'avait rendue vers pour vers.
Elle était en Italien, et ce qui est plus étonnant, en Espagnol :
les Espagnols avaient bien voulu copier eux-mêmes une pièce
25 dont l'original leur appartenait.   M. Pellisson, dans son *Histoire de l'Académie*, dit qu'en plusieurs provinces de France il
était passé en proverbe de dire : *Cela est beau comme le Cid.*
Si ce proverbe a péri, il faut s'en prendre aux auteurs qui ne le
goûtaient pas, et à la cour, où c'eût été très-mal parler que de
30 s'en servir sous le ministère du cardinal de Richelieu.

Ce grand homme avait la plus vaste ambition qui ait jamais
été.   La gloire de gouverner la France presque absolument,
d'abaisser la redoutable maison d'Autriche, de remuer toute
l'Europe à son gré, ne lui suffisait point; il y voulait joindre
35 encore celle de faire des comédies.   Quand *le Cid* parut, il en
fut aussi alarmé que s'il avait vu les Espagnols devant Paris.
Il souleva les auteurs contre cet ouvrage, ce qui ne dut pas être

fort difficile, et il se mit à leur tête. Scudéri publia ses *Observations sur le Cid*, adressées à l'Académie Française, qu'il en
faisait juge, et que le cardinal, son fondateur, sollicitait puissamment contre la pièce accusée. Mais afin que l'Académie
pût juger, ses statuts voulaient que l'autre partie, c'est-à-dire 5
Corneille, y consentît. On tira donc de lui une espèce de consentement, qu'il ne donna qu'à la crainte de déplaire au cardinal, et qu'il donna pourtant avec assez de fierté. Le moyen
de ne pas ménager un pareil ministre, et qui était son bien-
faiteur ? car il récompensait comme ministre ce même mérite 10
dont il était jaloux comme poëte ; et il semble que cette grande
âme ne pouvait pas avoir des faiblesses qu'elle ne réparât en
même temps par quelque chose de noble.

L'Académie Française donna ses sentiments sur le *Cid*, et cet
ouvrage fut digne de la grande réputation de cette compagnie 15
naissante. Elle sut conserver tous les égards qu'elle devait et
à la passion du cardinal et à l'estime prodigieuse que le public
avait conçue du *Cid*. Elle satisfit le cardinal en reprenant
exactement tous les défauts de cette pièce, et le public en
les reprenant avec modération, et même souvent avec des 20
louanges.

Quand Corneille eut une fois pour ainsi dire atteint jusqu'au
Cid, il s'éleva encore dans les *Horaces;* enfin il alla jusqu'à
Cinna et à *Polyeucte*, au-dessus desquels il n'y a rien.

Ces pièces-là étaient d'une espèce inconnue, et l'on vit un 25
nouveau théâtre. Alors Corneille, par l'étude d'Aristote et
d'Horace, par son expérience, par ses réflexions, et plus encore
par son génie, trouva les sources du beau, qu'il a depuis ouvertes
à tout le monde dans les discours qui sont à la tête de ses
comédies. De là vient qu'il est regardé comme le père du 30
théâtre Français. Il lui a donné le premier une forme raison-
nable ; il l'a porté à son plus haut point de perfection, et a
laissé son secret à qui s'en pourra servir.

Avant que l'on jouât *Polyeucte*, Corneille le lut à l'hôtel de
Rambouillet, souverain tribunal des affaires d'esprit en ce 35
temps-là. La pièce y fut applaudie autant que le demandaient
la bienséance et la grande réputation que l'auteur avait déjà.

Mais, quelques jours après, Voiture vint trouver Corneille, et prit des tours fort délicats pour lui dire que *Polyeucte* n'avait pas réussi comme il pensait ; que surtout le Christianisme avait extrêmement déplu. Corneille, alarmé, voulut retirer la pièce
5 d'entre les mains des comédiens qui l'apprenaient ; mais enfin il la leur laissa sur la parole d'un d'entre eux qui n'y jouait point, parce qu'il était trop mauvais acteur. Était-ce donc à ce comédien à juger mieux que tout l'hôtel de Rambouillet ?

Pompée suivit *Polyeucte.* Ensuite vint le *Menteur,* pièce
10 comique, et presque entièrement prise de l'Espagnol, selon la coutume de ce temps-là.

Quoique le *Menteur* soit très-agréable, et qu'on l'applaudisse encore aujourd'hui sur le théâtre, j'avoue que la comédie n'était point encore arrivée à sa perfection. Ce qui dominait
15 dans les pièces c'était l'intrigue et les incidents, erreurs de nom, déguisements, lettres interceptées, aventures nocturnes ; et c'est pourquoi on prenait presque tous les sujets chez les Espagnols, qui triomphent sur ces matières. Ces pièces ne laissaient pas d'être fort plaisantes et pleines d'esprit : témoin le *Menteur*
20 dont nous parlons, *Don Bertrand de Cigaral, le Geôlier de soi-même.* Mais enfin la plus grande beauté de la comédie était inconnue ; on ne songeait point aux mœurs et aux caractères ; on allait chercher bien loin le ridicule dans des événements imaginés avec beaucoup de peine, et on ne s'avisait point de
25 l'aller prendre dans le cœur humain, où est sa principale habitation. Molière est le premier qui l'ait été chercher là, et celui qui l'a le mieux mis en œuvre : homme inimitable, et à qui la comédie doit autant que la tragédie à Corneille.

Comme le *Menteur* eut beaucoup de succès, Corneille lui
30 donna une *suite,* mais qui ne réussit guère. Il en découvre lui-même la raison dans les examens qu'il a faits de ses pièces. Là il s'établit juge de ses propres ouvrages, et en parle avec un noble désintéressement, dont il tire en même temps le double fruit, et de prévenir l'envie sur le mal qu'elle en pourrait dire, et
35 de se rendre lui-même croyable sur le bien qu'il en dit.

À la *Suite du Menteur* succéda *Rodogune.* Il a écrit quelque part que pour trouver la plus belle de ses pièces, il fallait choisir entre *Rodogune* et *Cinna;* et ceux à qui il en a parlé ont démêlé sans beaucoup de peine qu'il était pour *Rodogune.* Il ne m'appartient nullement de prononcer sur cela ; mais peut-être préférait-il *Rodogune,* parce qu'elle lui avait extrêmement coûté : il fut plus d'un an à disposer le sujet. Peut-être voulait- 5 il, en mettant son affection de ce côté-là, balancer celle du public, qui paraît être de l'autre. Pour moi, si j'ose le dire, je ne mettrais point le différend entre *Rodogune* et *Cinna :* il me paraît aisé de choisir entre elles, et je connais quelque pièce de Corneille que je ferais passer encore avant la plus belle des 10 deux.

On apprendra dans les examens de P. Corneille, mieux que l'on ne ferait ici, l'histoire de *Théodore,* d'*Héraclius,* de *Don Sanche d'Aragon,* d'*Andromède,* de *Nicomède* et de *Pertharite.* On y verra pourquoi *Théodore* et *Don Sanche d'Aragon* réus- 15 sirent fort peu, et pourquoi *Pertharite* tomba absolument. On ne put souffrir dans *Théodore* la seule idée du péril de la prostitution; et si le public était devenu si délicat, à qui Corneille devait-il s'en prendre qu'à lui-même? Il manqua à Don Sanche *un suffrage illustre,* qui lui fit manquer tous ceux de 20 la cour; exemple assez commun de la soumission des Français à de certaines autorités. Enfin un mari qui veut racheter sa femme en cédant un royaume fut encore sans comparaison plus insupportable dans *Pertharite,* que la prostitution ne l'avait été dans *Théodore.* Le bon mari n'osa se montrer au 25 public que deux fois. Cette chute du grand Corneille peut être mise parmi les exemples les plus remarquables des vicissitudes du monde : et Bélisaire demandant l'aumône n'est pas plus étonnant.

Il se dégoûta du théâtre, et déclara qu'il y renonçait dans 30 une petite préface assez chagrine qu'il mit au-devant de *Pertharite.* Il dit pour raison qu'il commence à vieillir; et cette raison n'est que trop bonne, surtout quand il s'agit de poésie et des autres talents de l'imagination. L'espèce d'esprit qui dépend de l'imagination (et c'est ce qu'on appelle communément *esprit* 35 dans le monde), ressemble à la beauté, et ne subsiste qu'avec la jeunesse. Il est vrai que la vieillesse vient plus tard pour

l'esprit; mais elle vient. Les plus dangereuses qualités qu'elle
lui apporte sont la sécheresse et la dureté; et il y a des esprits
qui en sont naturellement plus susceptibles que d'autres, et qui
donnent plus de prise aux ravages du temps: ce sont ceux qui
5 avaient de la noblesse, de la grandeur, quelque chose de fier et
d'austère. Cette sorte de caractère contracte aisément par les
années je ne sais quoi de sec et de dur. C'est à peu près ce qui
arriva à Corneille: il ne perdit pas en vieillissant l'inimitable
noblesse de son génie; mais il s'y mêla quelquefois un peu de
10 dureté. Il avait poussé les grands sentiments aussi loin que la
nature pouvait souffrir qu'ils allassent; il commença de temps
en temps à les pousser un peu plus loin. Ainsi, dans *Pertharite*,
une reine consent à épouser un tyran qu'elle déteste, pourvu
qu'il égorge un fils unique qu'elle a, et que par cette action il se
15 rende aussi odieux qu'elle souhaite qu'il le soit. Il est aisé de
voir que ce sentiment, au lieu d'être noble, n'est que dur; et il
ne faut pas trouver mauvais que le public ne l'ait pas goûté.

Après *Pertharite*, Corneille, rebuté du théâtre, entreprit la
traduction en vers de *l'Imitation de Jésus-Christ*. Il y fut
20 porté par des pères Jésuites de ses amis, par des sentiments de
piété qu'il eut toute sa vie, et peut-être aussi par l'activité de son
génie, qui ne pouvait demeurer oisif. Cet ouvrage eut un succès
prodigieux, et le dédommagea en toutes manières d'avoir quitté
le théâtre. Cependant, si j'ose en parler avec une liberté que je
25 ne devrais peut-être pas me permettre, je ne trouve point dans la
traduction de Corneille le plus grand charme de *l'Imitation de
Jésus-Christ*, je veux dire sa simplicité et sa naïveté. Elle se
perd dans la pompe des vers qui était naturelle à Corneille, et
je crois même qu'absolument la forme de vers lui est contraire.
30 Ce livre, le plus beau qui soit parti de la main d'un homme,
puisque l'Évangile n'en vient pas, n'irait pas droit au cœur
comme il fait, et ne s'en saisirait pas avec tant de force, s'il
n'avait un air naturel et tendre, à quoi la négligence même du
style aide beaucoup.

35 Il se passa six ans pendant lesquels il ne parut de Corneille
que *l'Imitation* en vers. Mais enfin, sollicité par M. Fouquet,
et peut-être encore plus poussé par son penchant naturel, il se

rengagea au théâtre. M. le surintendant, pour lui faciliter ce retour, et lui ôter toutes les excuses que lui aurait pu fournir la difficulté de trouver des sujets, lui en proposa trois. Celui qu'il prit fut *Œdipe;* Thomas Corneille, son frère, prit *Camma*, qui était le second. Je ne sais quel fut le troisième. 5 La réconciliation de Corneille et du théâtre fut heureuse: *Œdipe* réussit fort bien.

La *Toison d'Or* fut faite ensuite à l'occasion du mariage du roi; et c'est la plus belle pièce à machines que nous ayons. Les machines, qui sont ordinairement étrangères à la pièce, devien- 10 nent, par l'art du poëte, nécessaires à celle-là; et surtout le prologue doit servir de modèle aux prologues à la moderne, qui sont faits pour exposer, non pas le sujet de la pièce, mais l'occasion pour laquelle elle a été faite.

Ensuite parurent *Sertorius* et *Sophonisbe.* Dans la première 15 de ces deux pièces, la grandeur Romaine éclate avec toute sa pompe; et l'idée qu'on pourrait se former de la conversation de deux grands hommes qui ont de grands intérêts à démêler est encore surpassée par la scène de Pompée et de Sertorius. Il semble que Corneille ait eu des mémoires particuliers sur les 20 Romains. *Sophonisbe* avait déjà été traitée par Mairet avec beaucoup de succès; et Corneille avoue qu'il se trouvait bien hardi d'oser la traiter de nouveau. Si Mairet avait joui de cet aveu, il en aurait été fort glorieux, même étant vaincu.

Il faut croire qu'*Agésilas* est de P. Corneille, puisque son 25 nom y est, et qu'il y a une scène d'Agésilas et de Lysander qui ne pourrait pas facilement être d'un autre.

Après *Agésilas* vint *Othon*, ouvrage où Tacite est mis en œuvre par le grand Corneille, et où se sont unis deux génies si sublimes. Corneille y a peint la corruption de la cour des em- 30 pereurs du même pinceau dont il avait peint les vertus de la république.

En ce temps-là des pièces d'un caractère fort différent des siennes parurent avec éclat sur le théâtre: elles étaient pleines de tendresse et de sentiments aimables. Si elles n'allaient pas 35 jusqu'aux beautés sublimes, elles étaient bien éloignées de tomber dans des défauts choquants. Une élévation qui n'était pas du premier degré, beaucoup d'amour, un style très-agréable et d'une élégance qui ne se démentait point, une infinité de traits vifs et naturels, un jeune auteur : voilà ce qu'il fallait aux femmes, dont le jugement a tant d'autorité au théâtre Français.

5 Aussi furent-elles charmées, et Corneille ne fut plus chez elles que le vieux Corneille. J'en excepte quelques femmes qui valaient des hommes.

Le goût du siècle se tourna donc entièrement du côté d'un genre de tendresse moins noble, et dont le modèle se retrouvait 10 plus aisément dans la plupart des cœurs. Mais Corneille dédaigna fièrement d'avoir de la complaisance pour ce nouveau goût. Peut-être croira-t-on que son âge ne lui permettait pas d'en avoir : ce soupçon serait très-légitime, si l'on ne voyait ce qu'il a fait dans la *Psyché* de Molière, où, étant à l'ombre du 15 nom d'autrui, il s'est abandonné à un excès de tendresse dont il n'aurait pas voulu déshonorer son nom.

Il ne pouvait mieux braver son siècle qu'en lui donnant *Attila*, digne roi des Huns. Il règne dans cette pièce une férocité noble que lui seul pouvait attraper. La scène où Attila 20 délibère s'il se doit allier à l'empire qui tombe, ou à la France qui s'élève, est une des belles choses qu'il ait faites.

Bérénice fut un duel dont tout le monde sait l'histoire. Une princesse, fort touchée des choses d'esprit, et qui eût pu les mettre à la mode dans un pays barbare, eut besoin de beaucoup 25 d'adresse pour faire trouver les deux combattants sur le champ de bataille sans qu'ils sussent où on les menait. Mais à qui demeura la victoire ? au plus jeune.

Il ne reste plus que *Pulchérie* et *Suréna*, tous deux sans comparaison meilleurs que *Bérénice*, tous deux dignes de la 30 vieillesse d'un grand homme. Le caractère de Pulchérie est de ceux que lui seul savait faire, et il s'est dépeint lui-même avec bien de la force dans Martian, qui est un vieillard amoureux. Le cinquième acte de cette pièce est tout à fait beau. On voit dans *Suréna* une belle peinture d'un homme que son trop de 35 mérite et de trop grands services rendent criminel auprès de son maître ; et ce fut par ce dernier effort que Corneille termina sa carrière.

La suite de ses pièces représente ce qui doit naturellement arriver à un grand homme qui pousse le travail jusqu'à la fin de sa vie. Ses commencements sont faibles et imparfaits, mais déjà dignes d'admiration par rapport à son siècle ; ensuite il va 5 aussi haut que son art peut atteindre ; à la fin il s'affaiblit, s'éteint peu à peu, et n'est plus semblable à lui-même que par intervalles.

Après *Suréna*, qui fut joué en 1675, Corneille renonça tout de bon au théâtre, et ne pensa plus qu'à mourir chrétiennement. Il ne fut pas même en état d'y penser beaucoup la dernière 10 année de sa vie.

Je n'ai pas cru devoir interrompre la suite de ses grands ouvrages pour parler de quelques autres beaucoup moins considérables qu'il a donnés de temps en temps. Il a fait, étant jeune, quelques petites pièces de galanterie, qui sont répandues 15 dans des recueils. On a encore de lui quelques petites pièces de cent ou de deux cents vers au roi, soit pour le féliciter de ses victoires, soit pour lui demander des grâces, soit pour le remercier de celles qu'il en avait reçues. Il a traduit deux ouvrages Latins du père de la Rue, tous deux d'assez longue haleine ; et 20 plusieurs autres petites pièces de M. de Santeuil. Il estimait extrêmement ces deux poëtes. Lui-même faisait fort bien des vers Latins ; et il en fit sur la campagne de Flandre en 1667, qui parurent si beaux, que non-seulement plusieurs personnes les mirent en Français, mais que les meilleurs poëtes Latins en 25 prirent l'idée, et les mirent encore en Latin. Il avait traduit sa première scène de *Pompée* en vers du style de Sénèque le tragique, pour lequel il n'avait pas d'aversion, non plus que pour Lucain. Il fallait aussi qu'il n'en eût pas pour Stace, fort inférieur à Lucain, puisqu'il en a traduit en vers et publié les 30 deux premiers livres de *la Thébaïde*. Ils ont échappé à toutes les recherches qu'on a faites depuis un temps pour en retrouver quelques exemplaires.

Corneille était assez grand et assez plein, l'air fort simple et fort commun, toujours négligé, et peu curieux de son ex- 35 térieur. Il avait le visage assez agréable, un grand nez, la bouche belle, les yeux pleins de feu, la physionomie vive, des traits fort marqués, et propres à être transmis à la postérité dans une médaille ou dans un buste. Sa prononciation n'était pas tout à fait nette, il lisait ses vers avec force, mais sans grâce.

Il savait les belles-lettres, l'histoire, la politique ; mais il les
5 prenait principalement du côté qu'elles ont rapport au théâtre. Il n'avait pour toutes les autres connaissances ni loisir, ni curiosité, ni beaucoup d'estime. Il parlait peu, même sur la matière qu'il entendait si parfaitement. Il n'ornait pas ce qu'il disait ; et pour trouver le grand Corneille, il le fallait lire.

10   Il était mélancolique ; il lui fallait des sujets plus solides pour espérer et pour se réjouir que pour se chagriner ou pour craindre. Il avait l'humeur brusque, et quelquefois rude en apparence : au fond il était très-aisé à vivre, bon mari, bon parent, tendre, et plein d'amitié. Il avait l'âme fière et indépendante ; nulle
15 souplesse, nul manége : ce qui l'a rendu très-propre à peindre la vertu Romaine, et très-peu propre à faire sa fortune. Il n'aimait point la cour ; il y apportait un visage presque inconnu, un grand nom qui ne s'attirait que des louanges, et un mérite qui n'était point de ce pays-là. Rien n'était égal à son incapacité
20 pour ses affaires que son aversion ; les plus légères lui causaient de l'effroi et de la terreur. Quoique son talent lui eût beaucoup rapporté, il n'en était guère plus riche. Ce n'est pas qu'il eût été fâché de l'être ; mais il eût fallu le devenir par une habileté qu'il n'avait pas, et par des soins qu'il ne pouvait prendre. Il
25 ne s'était point trop endurci aux louanges à force d'en recevoir : mais, s'il était sensible à la gloire, il était fort éloigné de la vanité. Quelquefois il se confiait trop peu à son rare mérite, et croyait trop facilement qu'il pût avoir des rivaux.

À beaucoup de probité naturelle, il a joint, dans tous les
30 temps de sa vie, beaucoup de religion, et plus de piété que le commerce du monde n'en permet ordinairement. Il a eu souvent besoin d'être rassuré par des casuistes sur ses pièces de théâtre, et ils lui ont toujours fait grâce en faveur de la pureté qu'il avait établie sur la scène, des nobles sentiments qui
35 règnent dans ses ouvrages, et de la vertu qu'il a mise jusque dans l'amour.

LA SUITE DU MENTEUR.

COMÉDIE. (1645.)

PERSONNAGES.

DORANTE.
CLITON, valet de Dorante.
CLÉANDRE, gentilhomme de Lyon.
MÉLISSE, sœur de Cléandre.

PHILISTE, ami de Dorante, et amoureux de Mélisse.
LYSE, femme de chambre de Mélisse.
UN PRÉVÔT.

La scène est à Lyon.

ACTE I.

SCÈNE I.

DORANTE, CLITON.

(Dorante paraît écrivant dans une prison, et le geôlier ouvrant la porte à Cliton, et le lui montrant.)

Cli. Ah! monsieur, c'est donc vous ? *Do.* Cliton, je te revoi!
Cli. Je vous trouve, monsieur, dans la maison du roi !
Quel charme, quel désordre, ou quelle raillerie
Des prisons de Lyon fait votre hôtellerie ?
Do. Tu le sauras tantôt.   Mais qui t'amène ici ?   5
Cli. Les soins de vous chercher.   *Do.* Tu prends trop de
          souci ;
Et bien qu'après deux ans ton devoir s'en avise,
Ta rencontre me plaît, j'en aime la surprise ;
Ce devoir, quoique tard, enfin s'est éveillé.
Cli. Et qui savait, monsieur, où vous étiez allé ?   10
Vous ne nous témoigniez qu'ardeur et qu'allégresse,

Qu' impatients désirs de posséder Lucrèce ;
L'argent était touché, les accords publiés,
Le festin commandé, les parents conviés,
Les violons choisis, ainsi que la journée :   15
Rien ne semblait plus sûr qu'un si proche hyménée ;
Et, parmi ces apprêts, la nuit d'auparavant
Vous sûtes faire gille, et fendîtes le vent.
  Comme il ne fut jamais d'éclipse plus obscure,
Chacun sur ce départ forma sa conjecture ;   20
Tous s'entre-regardaient, étonnés, ébahis :
L'un disait : " Il est jeune, il veut voir le pays ; "
L'autre : " Il s'est allé battre, il a quelque querelle ; "
L'autre d'une autre idée embrouillait sa cervelle.
Pour moi, j'écoutais tout, et mis dans mon caprice   25
Qu'on ne devinait rien que par votre artifice.
Ainsi ce qui chez eux prenait plus de crédit
M'était aussi suspect que si vous l'eussiez dit ;
Et, tout simple et doucet, sans chercher de finesse,
Attendant le boiteux, je consolais Lucrèce.   30
Do. Je l'aimais, je te jure ; et, pour la posséder,
Mon amour mille fois voulut tout hasarder :
Mais quand j'eus bien pensé que j'allais à mon âge
Au sortir de Poitiers entrer au mariage,
Que j'eus considéré ses chaînes de plus près,   35
Son visage à ce prix n'eut plus pour moi d'attraits :
L'horreur d'un tel lien m'en fit de la maîtresse ;
Je crus qu'il fallait mieux employer ma jeunesse,
Et que, quelques appas qui pussent me ravir,
C'était mal en user que sitôt m'asservir.   40
Je combats toutefois : mais le temps qui s'avance
Me fait précipiter en cette extravagance ;
Et la tentation de tant d'argent touché
M'achève de pousser où j'étais trop penché.

Que l'argent est commode à faire une folie !　　　45
L'argent me fait résoudre à courir l'Italie.
Je pars de nuit en poste, et d'un soin diligent
Je quitte la maîtresse, et j'emporte l'argent.
　Mais, dis-moi, que fit-elle ? et que dit lors son père ?
Le mien, ou je me trompe, était fort en colère ?　　50
Cli. D'abord de part et d'autre on vous attend sans bruit ;
Un jour se passe, deux, trois, quatre, cinq, six, huit ;
Enfin, n'espérant plus, on éclate, on foudroie :
Lucrèce par dépit témoigne de la joie,
Chante, danse, discourt, rit ; mais, sur mon honneur,　55
Elle enrageait, monsieur, dans l'âme, et de bon cœur.
Ce grand bruit s'accommode, et, pour plâtrer l'affaire,
La pauvre délaissée épouse votre père, ↙
Et, rongeant dans son cœur son déplaisir secret,
D'un visage content prend le change à regret.　　60
L'éclat d'un tel affront l'ayant trop décriée,
Il n'est à son avis que d'être mariée ;
Et comme en un naufrage on se prend où l'on peut,
En fille obéissante elle veut ce qu'on veut.
Voilà donc le bonhomme enfin à sa seconde,　　-　65
C'est-à-dire qu'il prend la poste à l'autre monde ;
Un peu moins de deux mois le met dans le cercueil.
Do. J'ai su sa mort à Rome, où j'en ai pris le deuil.
Cli. Elle a laissé chez vous un diable de ménage :
Ville prise d'assaut n'est pas mieux au pillage ;　　70
La veuve et les cousins, chacun y fait pour soi,
Comme fait un traitant pour les deniers du roi ;
Où qu'ils jettent la main ils font rafles entières ;
Ils ne pardonnent pas même au plomb des gouttières ;
Et ce sera beaucoup si vous trouvez chez vous,　　75
Quand vous y rentrerez, deux gonds et quatre clous.
　J'apprends qu'on vous a vu cependant à Florence,

2—2

Pour vous donner avis je pars en diligence ;
Et je suis étonné qu'en entrant dans Lyon
Je vois courir du peuple avec émotion :   80
Je veux voir ce que c'est ; et je vois, ce me semble,
-Pousser dans la prison quelqu'un qui vous ressemble ;
On m'y permet l'entrée ; et, vous trouvant ici,
Je trouve en même temps mon voyage accourci.
Voilà mon aventure ; apprenez-moi la vôtre.   85
Do. La mienne est bien étrange, on me prend pour un autre.
Cli. J'eusse osé le gager.   Est-ce meurtre, ou larcin ?
Do. Suis-je fait en voleur, ou bien en assassin ?
Traître, en ai-je l'habit, ou la mine, ou la taille ?
Cli. Connaît-on à l'habit aujourd'hui la canaille ?   90
Et n'est-il point, monsieur, à Paris de filous
Et de taille et de mine aussi bonnes que vous ?
Do. Tu dis vrai ; mais écoute.   Après une querelle
Qu'à Florence un jaloux me fit pour quelque belle,
J'eus avis que ma vie y courait du danger :   95
Ainsi donc sans trompette il fallut déloger.
Je pars seul et de nuit, et prends ma route en France.
Où, sitôt que je suis en pays d'assurance,
Comme d'avoir couru je me sens un peu las,
J'abandonne la poste, et viens au petit pas.   100
Approchant de Lyon, je vois dans la campagne...
Cli. (*bas*). N'aurons-nous point ici de guerres d'Allemagne ?
Do. Que dis-tu ? *Cli.* Rien, monsieur ; je gronde entre mes
                dents
Du malheur qui suivra ces rares incidents ;
J'en ai l'âme déjà toute préoccupée.   105
Do. Donc à deux cavaliers je vois tirer l'épée ;
Et, pour en empêcher l'événement fatal,
J'y cours la mienne au poing, et descends de cheval.
L'un et l'autre, voyant à quoi je me prépare,

Se hâte d'achever avant qu'on les sépare, 110
Presse sans perdre temps, si bien qu'à mon abord
D'un coup que l'un allonge il blesse l'autre à mort.
Je me jette au blessé, je l'embrasse, et j'essaie,
Pour arrêter son sang, de lui bander sa plaie ;
L'autre, sans perdre temps en cet événement, 115
Saute sur mon cheval, le presse vivement,
Disparaît, et, mettant à couvert le coupable,
Me laisse auprès du mort faire le charitable.
  Ce fut en cet état, les doigts de sang souillés,
Qu'au bruit de ce duel trois sergents éveillés, 120
Tout gonflés de l'espoir d'une bonne lippée,
Me découvrirent seul, et la main à l'épée.
Lors, suivant du métier le serment solennel,
Mon argent fut pour eux le premier criminel ;
Et, s'en étant saisis aux premières approches, 125
Ces messieurs pour prison lui donnèrent leurs poches ;
Et moi, non sans couleur, encor qu' injustement,
Je fus conduit par eux en cet appartement.
Qui te fait ainsi rire ? et qu'est-ce que tu penses ?
Cli. Je trouve ici, monsieur, beaucoup de circonstances : 130
Vous en avez sans doute un trésor infini ;
Votre hymen de Poitiers n'en fut pas mieux fourni ;
Et le cheval surtout vaut en cette rencontre
Le pistolet ensemble, et l'épée, et la montre.
Do. Je me suis bien défait de ces traits d'écolier 135
Dont l'usage autrefois m'était si familier ;
Et maintenant, Cliton, je vis en honnête homme.
Cli. Vous êtes amendé du voyage de Rome ;
Et votre âme en ce lieu, réduite au repentir,
Fait mentir le proverbe en cessant de mentir. 140
Ah ! j'aurais plutôt cru... *Do.* Le temps m'a fait connaître
Quelle indignité c'est, et quel mal en peut naître.

Cli. Quoi ! ce duel, ces coups si justement portés,
Ce cheval, ces sergents... *Do.* Autant de vérités.
Cli. J'en suis fâché pour vous, monsieur, et surtout d'une, 145
Que je ne compte pas à petite infortune :
Vous êtes prisonnier, et n'avez point d'argent ;
Vous serez criminel. *Do.* Je suis trop innocent.
Cli. Ah ! monsieur, sans argent est-il de l'innocence ?
Do. Fort peu ; mais dans ces murs Philiste a pris nais-
. sance, 150
Et comme il est parent des premiers magistrats,
Soit d'argent, soit d'amis, nous n'en manquerons pas.
J'ai su qu'il est en ville, et lui venais d'écrire,
Lorsqu'ici le concierge est venu t'introduire.
Va lui porter ma lettre. *Cli.* Avec un tel secours 155
Vous serez innocent avant qu'il soit deux jours.
Mais je ne comprends rien à ces nouveaux mystères :
Les filles doivent être ici fort volontaires ;
Jusque dans la prison elles cherchent les gens.

SCÈNE II.

DORANTE, CLITON, LYSE.

Cli. (*à Ly.*) Il ne fait que sortir des mains de trois
sergents : 160
Je t'en veux avertir : un fol espoir te trouble ;
Il cajole des mieux, mais il n'a pas le double.
Ly. J'en apporte pour lui. *Cli.* Pour lui ! tu m'as dupé ;
Et je doute sans toi si nous aurions soupé.
Ly. (*montrant une bourse*). Avec ce passe-port suis-je la
bienvenue ? 165
Cli. Tu nous vas à tous deux donner dedans la vue.
Ly. Ai-je bien pris mon temps ? *Cli.* Le mieux qu'il se
pouvait.

C'est une honnête fille, et Dieu nous la devait.

Monsieur, écoutez-la. *Do.* Que veut-elle ? *Ly.* Une dame

Vous offre en cette lettre un cœur tout plein de flamme. 170

Do. Une dame ? *Cli.* Lisez sans faire de façons :

Dieu nous aime, monsieur, comme nous sommes bons ;

Et ce n'est pas là tout, l'amour ouvre son coffre,

Et l'argent qu'elle tient vaut bien le cœur qu'elle offre.

Do. (*lit*). " Au bruit du monde qui vous conduisait pri-

" sonnier, j'ai mis les yeux à la fenêtre, et vous ai trouvé de

" si bonne mine, que mon cœur est allé dans la même prison

" que vous, et n'en veut point sortir tant que vous y serez.

" Je ferai mon possible pour vous en tirer au plus tôt. Ce-

" pendant obligez-moi de vous servir de ces cent pistoles que

" je vous envoie ; vous en pouvez avoir besoin en l'état où

" vous êtes, et il m'en demeure assez d'autres à votre service."

(*Dorante continue*). Cette lettre est sans nom. *Cli.* Les

    mots en sont François.

(*À Lyse*). Dis-moi, sont-ce louis, ou pistoles de poids ?

Do. Tais-toi. *Ly.* (*à Dorante*). Pour ma maîtresse il est de

    conséquence 185

De vous taire deux jours son nom et sa naissance ;

Ce secret trop tôt su peut la perdre d'honneur.

Do. Je serai cependant aveugle en mon bonheur ?

Et d'un si grand bienfait j'ignorerai la source ?

Cli. (*à Dorante*). Curiosité bas, prenons toujours la

    bourse. 190

Souvent c'est perdre tout que vouloir tout savoir.

Ly. (*à Dorante*). Puis-je la lui donner ? *Cli.* (*à Lyse*).

    Donne, j'ai tout pouvoir,

Quand même ce serait le trésor de Venise.

Do. Tout beau, tout beau, Cliton ! il nous faut... *Cli.*

    Lâcher prise ? 194

Quoi ! c'est ainsi, monsieur... *Do.* Parleras-tu toujours ?

Cli. Et voulez-vous du ciel renvoyer le secours ?

Do. Accepter de l'argent porte en soi quelque honte.

Cli. Je m'en charge pour vous, et la prends pour mon
      compte.

Do. (*à Lyse*). Écoute un mot. *Cli.* (*à part.*) Je tremble,
      il va la refuser.

Do. Ta maîtresse m'oblige. *Cli.* (*à part.*) Il en veut
      mieux user.   200

Oyons. *Do.* Sa courtoisie est extrême et m'étonne ;

Mais. *Cli.* (*à part.*) Le diable de mais ! *Do.* Mais qu'elle
      me pardonne…

Cli. (*à part.*) Je me meurs, je suis mort. *Do.* Si j'en
      change l'effet,

Et reçois comme un prêt le don qu'elle me fait.

Cli. (*à part.*) Je suis ressuscité ; prêt ou don, ne m'im-
      porte.   205

Do. (*à Cliton, et puis à Lyse*). Prends. Je le lui, rendrai
      même avant que je sorte.

Cli. (*à Lyse*). Écoute un mot : tu peux t'en aller à l'instant,

Et revenir demain avec encore autant.

Et vous, monsieur, songez à changer de demeure.

Vous serez innocent avant qu'il soit une heure.   210

Do. (*à Cliton, et puis à Lyse*). Ne me romps plus la tête ;
      et toi, tarde un moment ;

J'écris à ta maîtresse un mot de compliment.

                  [*Dorante va écrire sur la table.*]

Cli. Dirons-nous cependant deux mots de guerre ensemble ?

Ly. Disons. *Cli.* Contemple-moi. *Ly.* Toi ? *Cli.* Oui,
      moi. Que t'en semble ?

Dis. *Ly.* Que tout vert et rouge, ainsi qu'un perroquet, 215

Tu n'es que bien en cage, et n'as que du caquet.

Cli. Tu ris. Cette action, qu'est-elle ? *Ly.* Ridicule.

Cli. Et cette main ? *Ly.* De taille à bien ferrer la mule.

Cli. Cette jambe, ce pied ?   *Ly.* Si tu sors des prisons,
Dignes de t'installer aux Petites-Maisons.   220
Ly. Ce front ?   *Ly.* Est un peu creux.   *Cli.* Cette tête ?
    Ly. Un peu folle.
Cli. Ce ton de voix enfin avec cette parole ?
Ly. Ah ! c'est là que mes sens demeurent étonnés ;
Le ton de voix est rare, aussi bien que le nez.
Cli. Je meure, ton humeur me semble si jolie,   225
Que tu vas me résoudre à faire une folie.
Touche ; je veux t'aimer, tu seras mon souci :
Nos maîtres font l'amour, nous le ferons aussi.
J'aurai mille beaux mots tous les jours à te dire ;
Je coucherai de feux, de sanglots, de martyre ;   230
Je te dirai : " Je meurs, je suis dans les abois,
" Je brûle..."   *Ly.* Et tout cela de ce beau ton de voix ?
Ah ! si tu m'entreprends deux jours de cette sorte
Mon cœur est déconfit, et je me tiens pour morte.
Si tu me veux en vie, affaiblis ces attraits,   235
Et retiens pour le moins la moitié de leurs traits.
Cli. Tu sais même charmer alors que tu te moques.
Gouverne doucement l'âme que tu m'escroques.
On a traité mon maître avec moins de rigueur ;
On n'a pris que sa bourse, et tu prends jusqu'au cœur.   240
Ly. Il est riche, ton maître ?   *Cli.* Assez.   *Ly.* Et gentil-
    homme ?
Cli. Il le dit.   *Ly.* Il demeure ?   *Cli.* À Paris.   *Ly.* Et se
    nomme ?
Do. (*fouillant dans la bourse*). Porte-lui cette lettre, et reçois
    ... *Cli.* (*lui retenant le bras*). Sans compter !
Do. Cette part de l'argent que tu viens d'apporter.
Cli. Elle n'en prendre pas, monsieur, je vous proteste.   245
Ly. Celle qui vous l'envoie en a pour moi de reste.
Cli. Je vous le disais bien, elle a le cœur trop bon.

Ly. Lui pourrai-je, monsieur, apprendre votre nom?
Do. Il est dans mon billet. Mais prends, je t'en conjure.
Cli. Vous faut-il dire encor que c'est lui faire injure? 250
Ly. Vous perdez temps, monsieur; je sais trop mon devoir.
Adieu: dans peu de temps je viendrai vous revoir;
Et porte tant de joie à celle qui vous aime,
Qu'elle rapportera la réponse elle-même.
Cli. Adieu, belle railleuse. *Ly.* Adieu, cher babillard. 255

SCÈNE III.

DORANTE, CLITON.

Do. Cette fille est jolie, elle a l'esprit gaillard.
Cli. J'en estime l'humeur, j'en aime le visage;
Mais plus que tous les deux j'adore son message.
Do. C'est celle dont il vient qu'il en faut estimer;
C'est elle qui me charme, et que je veux aimer. 260
Cli. Quoi! vous voulez, monsieur, aimer cette inconnue?
Do. Oui, je la veux aimer, Cliton. *Cli.* Sans l'avoir vue?
Do. Un si rare bienfait en un besoin pressant
S'empare puissamment d'un cœur reconnaissant;
Et comme de soi-même il marque un grand mérite, 265
Dessous cette couleur il parle, il sollicite,
Peint l'objet aussi beau qu'on le voit généreux;
Et si l'on n'est ingrat, il faut être amoureux.
Cli. Votre amour va toujours d'un étrange caprice:
Dès l'abord autrefois vous aimâtes Clarice; 270
Celle-ci, sans la voir: mais, monsieur, votre nom,
Lui deviez-vous l'apprendre, et sitôt? *Do.* Pourquoi non?
J'ai cru le devoir faire, et l'ai fait avec joie.
Cli. Il est plus décrié que la fausse monnoie.
Do. Mon nom? *Cli.* Oui. Dans Paris, en langage com-
mun, 275

Dorante et le Menteur à présent ce n'est qu'un ;
Et vous y possédez ce haut degré de gloire,
Qu'en une comédie on a mis votre histoire.
Do. En une comédie ? *Cli.* Et si naïvement,
Que j'ai cru, la voyant, voir un enchantement.   280
On y voit un Dorante avec votre visage ;
On le prendrait pour vous ; il a votre air, votre âge,
Vos yeux, votre action, votre maigre embonpoint,
Et paraît, comme vous, adroit au dernier point.
Comme à l'événement j'ai part à la peinture ;   285
Après votre portrait on produit ma figure.
Le héros de la farce, un certain Jodelet,
Fait marcher après vous votre digne valet ;
Il a jusqu'à mon nez et jusqu'à ma parole,
Et nous avons tous deux appris en même école :   290
C'est l'original même, il vaut ce que je vaux ;
Si quelque autre s'en mêle, on peut s'inscrire en faux
Et tout autre que lui dans cette comédie
N'en fera jamais voir qu'une fausse copie.
Pour Clarice et Lucrèce, elles en ont quelque air :   295
Philiste avec Alcippe y vient vous accorder.
Votre feu père même est joué sous le masque.
Do. Cette pièce doit être et plaisante et fantasque.
Mais son nom ? *Cli.* Votre nom de guerre, LE MENTEUR.
Do. Les vers en sont-ils bons ? fait-on cas de l'auteur ?   300
Cli. La pièce a réussi, quoique faible de style,
Et d'un nouveau proverbe elle enrichit la ville ;
De sorte qu'aujourd'hui presque en tous les quartiers
On dit, quand quelqu'un ment, qu'il revient de Poitiers.
Et pour moi, c'est bien pis, je n'ose plus paraître.   305
Ce maraud de farceur m'a fait si bien connaître,
Que les petits enfants, sitôt qu'on m'aperçoit,
Me courent dans la rue, et me montrent au doigt ;

Et chacun rit de voir les courtauds de boutique,
Grossissant à l'envi leur chienne de musique, 310
Se rompre le gosier, dans cette belle humeur,
À crier après moi : LE VALET DU MENTEUR !
Vous en riez vous-même. *Do.* Il faut bien que j'en rie.
Cli. Je n'y trouve que rire, et cela vous décrie,
Mais si bien, qu'à présent, voulant vous marier, 315
Vous ne trouveriez pas la fille d'un huissier,
Pas celle d'un recors, pas d'un cabaret même.
Do. Il faut donc avancer près de celle qui m'aime.
Comme Paris est loin, si je ne suis déçu,
Nous pourrons réussir avant qu'elle ait rien su. 320
Mais quelqu'un vient à nous, et j'entends du murmure.

SCÈNE IV.

CLÉANDRE, DORANTE, CLITON, LE PRÉVOT.

Clé. (*au prévôt*). Ah ! je suis innocent ; vous me faites injure.
Le prévot, (*à Cléandre*). Si vous l'êtes, monsieur, ne craignez
      aucun mal ;
Mais comme enfin le mort était votre rival,
Et que le prisonnier proteste d'innocence, 325
Je dois sur ce soupçon vous mettre en sa présence.
Clé. (*au prévôt*). Et si pour s'affranchir il ose me charger ?
Le prévot, (*à Cléandre*). La justice entre vous en saura bien
      juger.
Souffrez paisiblement que l'ordre s'exécute.
    (*à Dorante.*)
Vous avez vu, monsieur, le coup qu'on vous impute : 330
Voyez ce cavalier, en serait-il l'auteur ?
Clé. (*bas*). Il va me reconnaître. Ah Dieu ! je meurs de
    peur.

Do. (au prévôt). Souffrez que j'examine à loisir son visage.

   (bas.)

C'est lui, mais il n'a fait qu'en homme de courage ;

Ce serait lâcheté, quoi qu'il puisse arriver,   335

De perdre un si grand cœur quand je puis le sauver.

Ne le découvrons point. *Clé. (bas).* Il me connaît, je tremble.

Do. (au prévôt). Ce cavalier, monsieur, n'a rien qui lui res-

   semble ;

L'autre est de moindre taille, il a le poil plus blond,

Le teint plus coloré, le visage plus rond,   340

Et je le connais moins, tant plus je le contemple.

Clé. (bas). O générosité qui n'eut jamais d'exemple !

Do. L'habit même est tout autre. *Le Prévôt.* Enfin ce n'est

   pas lui ?

Do. Non, il n'a point de part au duel d'aujourd'hui.

Le Prévôt, (à Cléandre). Je suis ravi, monsieur, de voir votre

   innocence   345

Assurée à présent par sa reconnaissance :

Sortez quand vous voudrez, vous avez tout pouvoir :

Excusez la rigueur qu'a voulu mon devoir.

Adieu. *Clé. (au prévôt).* Vous avez fait le dû de votre office.

SCÈNE V.

DORANTE, CLÉANDRE, CLITON.

Do. (à Cléandre). Mon cavalier, pour vous je me fais injus-

   tice ;   350

Je vous tiens pour brave homme, et vous reconnais bien ;

Faites votre devoir comme j'ai fait le mien.

Clé. Monsieur... *Do.* Point de réplique, on pourrait nous

   entendre.

Clé. Sachez donc seulement qu'on m'appelle Cléandre,

Que je sais mon devoir, que j'en prendrai souci,   355

Et que je périrai pour vous tirer d'ici.

SCÈNE VI.

DORANTE, CLITON.

Do. N'est-il pas vrai, Cliton, que c'eût été dommage
De livrer au malheur ce généreux courage?
J'avais entre mes mains et sa vie et sa mort,
Et je me viens de voir arbitre de son sort.   360
Cli. Quoi! c'est là donc, monsieur... *Do.* Oui, c'est là le
      coupable.
Cli. L'homme à votre cheval? *Do.* Rien n'est si véritable.
Cli. Je ne sais où j'en suis, et deviens tout confus.
Ne m'aviez-vous pas dit que vous ne mentiez plus?
Do. J'ai vu sur son visage un noble caractère,   ·   365
Qui, me parlant pour lui, m'a forcé de me taire,
Et, d'une voix connue entre les gens de cœur,
M'a dit qu'en le perdant je me perdrais d'honneur.
J'ai cru devoir mentir pour sauver un brave homme.
Cli. Et c'est ainsi, monsieur, que l'on s'amende à Rome? 370
Je me tiens au proverbe; oui, courez, voyagez;
Je veux être guenon si jamais vous changez:
Vous mentirez toujours, monsieur, sur ma parole.
Croyez-moi que Poitiers est une bonne école;
Pour le bien du public je veux le publier;   375
Les leçons qu'on y prend ne peuvent s'oublier.
Do. Je ne mens plus, Cliton, je t'en donne assurance.
Mais en un tel sujet l'occasion dispense.
Cli. Vous en prendrez autant comme vous en verrez.
Menteur vous voulez vivre, et menteur vous mourrez, 380
Et l'on dira de vous, pour oraison funèbre:
" C'était en menterie un auteur très-célèbre,
" Qui sut y raffiner de si digne façon,
" Qu'aux maîtres du métier il en eût fait leçon;
" Et qui, tant qu'il vécut, sans craindre aucune risque, 385

"Aux plus forts d'après lui put donner quinze et bisque."
Do. Je n'ai plus qu'à mourir, mon épitaphe est fait,
Et tu m'érigeras en cavalier parfait :
Tu ferais violence à l'humeur la plus triste.
Mais, sans plus badiner, va-t'en chercher Philiste ;   390
Donne-lui cette lettre ; et moi, sans plus mentir,
Avec les prisonniers j'irai me divertir.

ACTE II.

SCÈNE I.

MÉLISSE, LYSE.

Mé. (*tenant une lettre ouverte en sa main*). Certes, il écrit bien ;
      sa lettre est excellente.
Ly. Madame, sa personne est encor plus galante :
Tout est charmant en lui, sa grâce, son maintien...   395
Mé. Il semble que déjà tu lui veuilles du bien.
Ly. J'en trouve, à dire vrai, la rencontre si belle,
Que je voudrais l'aimer, si j'étais demoiselle.
Il est riche, et de plus il demeure à Paris,
Où des dames, dit-on, est le vrai paradis ;   400
Et, ce qui vaut bien mieux que toutes ces richesses,
Les maris y sont bons, et les femmes maîtresses.
Je vous le dis encor, je m'y passerais bien ;
Et si j'étais son fait, il serait fort le mien.
Mé. Tu n'es pas dégoûtée. Enfin, Lyse, sans rire,   405
C'est un homme bien fait ? *Ly.* Plus que je ne puis dire.
Mé. À sa lettre il paraît qu'il a beaucoup d'esprit ;
Mais, dis-moi, parle-t-il aussi bien qu'il écrit ?
Ly. Pour lui faire en discours montrer son éloquence,
Il lui faudrait des gens de plus de conséquence ;   410

C'est à vous d'éprouver ce que vous demandez.
Mé. Et que croit-il de moi? *Ly.* Ce que vous lui mandez;
Que vous l'avez tantôt vu par votre fenêtre;
Que vous l'aimez déjà. *Mé.* Cela pourrait bien être.
Ly. Sans l'avoir jamais vu? *Mé.* J'écris bien sans le
     voir.   415
Ly. Mais vous suivez d'un frère un absolu pouvoir,
Qui, vous ayant conté par quel bonheur étrange
Il s'est mis à couvert de la mort de Florange,
Se sert de cette feinte, en cachant votre nom,
Pour lui donner secours dedans cette prison.   420
L'y voyant en sa place, il fait ce qu'il doit faire.
Mé. Je n'écrivais tantôt qu'à dessein de lui plaire.
Mais, Lyse, maintenant j'ai pitié de l'ennui
D'un homme si bien fait qui souffre pour autrui;
Et par quelques motifs que je vienne d'écrire,   425
Il est de mon honneur de ne m'en pas dédire.
La lettre est de ma main, elle parle d'amour;
S'il ne sait qui je suis, il peut l'apprendre un jour.
Un tel gage m'oblige à lui tenir parole:
Ce qu'on met par écrit passe une amour frivole.   430
Puisqu'il a du mérite, on ne m'en peut blâmer;
Et je lui dois mon cœur, s'il daigne l'estimer.
Je m'en forme en idée une image si rare,
Qu'elle pourrait gagner l'âme la plus barbare;
L'amour en est le peintre, et ton rapport flatteur   435
En fournit les couleurs à ce doux enchanteur.
Ly. Tout comme vous l'aimez vous verrez qu'il vous aime:
Si vous vous engagez, il s'engage de même,
Et se forme de vous un tableau si parfait,
Que c'est lettre pour lettre, et portrait pour portrait.   440
Il faut que votre amour plaisamment s'entretienne;
Il sera votre idée, et vous serez la sienne.

L'alliance est mignarde ; et cette nouveauté,
Surtout dans une lettre, aura grande beauté,
Quand vous y souscrirez, pour Dorante ou Mélisse :   445
" Votre très-humble idée à vous rendre service."
  Vous vous moquez, madame ; et loin d'y consentir,
Vous n'en parlez ainsi que pour vous divertir.
Mé. Je ne me moque point. *Ly.* Et que fera, madame,
Cet autre cavalier dont vous possédez l'âme,   450
Votre amant ? *Mé.* Qui ? *Ly.* Philiste. *Mé.* Ah ! ne pré-
    sume pas
Que son cœur soit sensible au peu que j'ai d'appas ;
Il fait mine d'aimer, mais sa galanterie
N'est qu'un amusement et qu'une raillerie.
Ly. Il est riche, et parent des premiers de Lyon.   455
Mé. Et c'est ce qui le porte à plus d'ambition.
S'il me voit quelquefois, c'est comme par surprise ;
Dans ses civilités on dirait qu'il méprise,
Qu'un seul mot de sa bouche est un rare bonheur,
Et qu'un de ses regards est un excès d'honneur.   460
L'amour même d'un roi me serait importune,
S'il fallait la tenir à si haute fortune.
La sienne est un trésor qu'il fait bien d'épargner ;
L'avantage est trop grand, j'y pourrais trop gagner.
Il n'entre point chez nous ; et, quand il me rencontre,   465
Il semble qu'avec peine à mes yeux il se montre,
Et prend l'occasion avec une froideur
Qui craint en me parlant d'abaisser sa grandeur.
Ly. Peut-être il est timide, et n'ose davantage.
Mé. S'il craint, c'est que l'amour trop avant ne l'engage.   470
Il voit souvent mon frère, et ne parle de rien.
Ly. Mais vous le recevez, ce me semble, assez bien.
Mé. Comme je ne suis pas en amour des plus fines,
Faute d'autre j'en souffre, et je lui rends ses mines ;

Mais je commence à voir que de tels cajoleurs   475
Ne font qu'effaroucher les partis les meilleurs,
Et ne dois plus souffrir qu'avec cette grimace
D'un véritable amant il occupe la place.
Ly. Je l'ai vu pour vous voir faire beaucoup de tours.
Mé. Qui l'empêche d'entrer, et me voir tous les jours ? 480
Cette façon d'agir est-elle plus polie ?
Croit-il... *Ly.* Les amoureux ont chacun leur folie :
La sienne est de vous voir avec tant de respect,
Qu'il passe pour superbe, et vous devient suspect ;
Et la vôtre, un dégoût de cette retenue,   485
Qui vous fait mépriser la personne connue,
Pour donner votre estime, et chercher avec soin
L'amour d'un inconnu, parce qu'il est de loin.

SCÈNE II.

CLÉANDRE, MÉLISSE, LYSE.

Clé. Envers ce prisonnier as-tu fait cette feinte,
Ma sœur ? *Mé.* Sans me connaître, il me croit l'âme
        atteinte,   490
Que je l'ai vu conduire en ce triste séjour,
Que ma lettre et l'argent sont des effets d'amour ;
Et Lyse, qui l'a vu, m'en dit tant de merveilles,
Qu'elle fait presque entrer l'amour par les oreilles.
Clé. Ah ! si tu savais tout ! *Mé.* Elle ne laisse rien ; 495
Elle en vante l'esprit, la taille, le maintien,
Le visage attrayant, et la façon modeste.
Clé. Ah ! que c'est peu de chose au prix de ce qui reste !
Mé. Que reste-t-il à dire ? Un courage invaincu ?
Clé. C'est le plus généreux qui jamais ait vécu ;   500
C'est le cœur le plus noble, et l'âme la plus haute...
Mé. Quoi ! vous voulez, mon frère, ajouter à sa faute,
Percer avec ces traits un cœur qu'il a blessé,

Et vous-même achever ce qu'elle a commencé ?

Clé. Ma sœur, à peine sais-je encor comme il se nomme,
Et je sais qu'on n'a vu jamais plus honnête homme,   500
Et que ton frère enfin périrait aujourd'hui,
Si nous avions affaire à tout autre qu'à lui.
Quoique notre partie ait été si secrète
Que j'en dusse espérer une sûre retraite,   510
Et que Florange et moi, comme je t'ai conté,
Afin que ce duel ne pût être éventé,
Sans prendre de seconds, l'eussions faite de sorte
Que chacun pour sortir choisît diverse porte,
Que nous n'eussions ensemble été vus de huit jours,   515
Que presque tout le monde ignorât nos amours,
Et que l'occasion me fût si favorable
Que je vis l'innocent saisi pour le coupable ;
Je crois te l'avoir dit, qu'il nous vint séparer,
Et que sur son cheval je sus me retirer.   520
Comme je me montrais, afin que ma présence
Donnât lieu d'en juger une entière innocence,
Sur un bruit répandu que le défunt et moi
D'une même beauté nous adorions la loi,
Un prévôt soupçonneux me saisit dans la rue,   525
Me mène au prisonnier, et m'expose à sa vue.
Juge quel trouble j'eus de me voir en ces lieux :
Ce cavalier me voit, m'examine des yeux,
Me reconnaît, je tremble encore à te le dire ;
Mais apprends sa vertu, chère sœur, et l'admire.   530
Ce grand cœur, se voyant mon destin en la main,
Devient pour me sauver à soi-même inhumain ;
Lui qui souffre pour moi sait mon crime et le nie,
Dit que ce qu'on m'impute est une calomnie,
Dépeint le criminel de toute autre façon,   535
Oblige le prévôt à sortir sans soupçon,

Me promet amitié, m'assure de se taire.
Voilà ce qu'il a fait, vois ce que je dois faire.
Mé. L'aimer, le secourir, et tous deux avouer
Qu'une telle vertu ne se peut trop louer.   540
Clé. Si je l'ai plaint tantôt de souffrir pour mon crime,
Cette pitié, ma sœur, était bien légitime ;
Mais ce n'est plus pitié, c'est obligation,
Et le devoir succède à la compassion.
Nos plus puissants secours ne sont qu'ingratitude ;   545
Mets à les redoubler ton soin et ton étude ;
Sous ce même prétexte et ces déguisements
Ajoute à ton argent perles et diamants ;
Qu'il ne manque de rien ; et pour sa délivrance
Je vais de mes amis faire agir la puissance.   550
Que si tous leurs efforts ne peuvent le tirer,
Pour m'acquitter vers lui j'irai me déclarer.
Adieu.   De ton côté prends souci de me plaire,
Et vois ce que tu dois à qui te sauve un frère.
Mé. Je vous obéirai très-ponctuellement.   555

SCÈNE III.

MÉLISSE, LYSE.

Ly. Vous pouviez dire encor très-volontairement ;
Et la faveur du ciel vous a bien conservée,
Si ces derniers discours ne vous ont achevée.
Le parti de Philiste a de quoi s'appuyer ;
Je n'en suis plus, madame ; il n'est bon qu'à noyer ;   560
Il ne valut jamais un cheveu de Dorante.
Je puis vers la prison apprendre une courante ?
Mé. Oui, tu peux te résoudre encore à te crotter.
Ly. Quels de vos diamants me faut-il lui porter ?

Mé. Mon frère va trop vite ; et sa chaleur l'emporte 565
Jusqu'à connaître mal des gens de cette sorte.
Aussi, comme son but est différent du mien,
Je dois prendre un chemin fort éloigné du sien.
Il est reconnaissant, et je suis amoureuse ;
Il a peur d'être ingrat, et je veux être heureuse. 570
À force de présents il se croit acquitter ;
Mais le redoublement ne fait que rebuter.
Si le premier oblige un homme de mérite,
Le second l'importune, et le reste l'irrite ;
Et, passé le besoin, quoi qu'on lui puisse offrir, 575
C'est un accablement qu'il ne saurait souffrir.
L'amour est libéral, mais c'est avec adresse :
Le prix de ses présents est en leur gentillesse ;
Et celui qu'à Dorante exprès tu vas porter,
Je veux qu'il le dérobe au lieu de l'accepter. 580
Écoute une pratique assez ingénieuse.
Ly. Elle doit être belle, et fort mystérieuse.
Mé. Au lieu des diamants dont tu viens de parler,
Avec quelques douceurs il faut le régaler,
Entrer sous ce prétexte, et trouver quelque voie 585
Par où, sans que j'y sois, tu fasses qu'il me voie :
Porte-lui mon portrait, et comme sans dessein
Fais qu'il puisse aisément le surprendre en ton sein ;
Feins lors pour le ravoir un déplaisir extrême :
S'il le rend, c'en est fait ; s'il le retient, il m'aime. 590
Ly. À vous dire le vrai, vous en savez beaucoup.
Mé. L'amour est un grand maître, il instruit tout d'un coup.
Ly. Il vient de vous donner de belles tablatures.
Mé. Viens quérir mon portrait avec des confitures :
Comme pourra Dorante en user bien ou mal, 595
Nous résoudrons après touchant l'original.

SCÈNE IV.

PHILISTE, DORANTE, CLITON, dans la prison.

Do. Voilà, mon cher ami, la véritable histoire
D'une aventure étrange et difficile à croire ;
Mais puisque je vous vois, mon sort est assez doux.
Ph. L'aventure est étrange, et bien digne de vous ;   600
Et, si je n'en voyais la fin trop véritable,
J'aurais bien de la peine à la trouver croyable :
Vous me seriez suspect, si vous étiez ailleurs.
Cli. Ayez pour lui, monsieur, des sentiments meilleurs :
Il s'est bien converti dans un si long voyage ;   605
C'est tout un autre esprit sous le même visage ;
Et tout ce qu'il débite est pure vérité,
S'il ne ment quelquefois par générosité.
C'est le même qui prit Clarice pour Lucrèce,
Qui fit jaloux Alcippe avec sa noble adresse ;   610
Et, malgré tout cela, le même toutefois,
Depuis qu'il est ici n'a menti qu'une fois.
Ph. En voudrais-tu jurer ?   *Cli.* Oui, monsieur, et j'en jure
Par le dieu des menteurs, dont il est créature ;
Et, s'il vous faut encore un serment plus nouveau,   615
Par l'hymen de Poitiers et le festin sur l'eau.
Ph. Laissant là ce badin, ami, je vous confesse
Qu'il me souvient toujours de vos traits de jeunesse ;
Cent fois en cette ville aux meilleures maisons
J'en ai fait un bon conte en déguisant les noms ;   620
J'en ai ri de bon cœur, et j'en ai bien fait rire ;
Et, quoi que maintenant je vous entende dire,
Ma mémoire toujours me les vient présenter,
Et m'en fait un rapport qui m'invite à douter.
Do. Formez en ma faveur de plus saines pensées ;   625
Ces petites humeurs sont aussitôt passées :

Et l'air du monde change en bonnes qualités
Ces teintures qu'on prend aux universités.

Ph. Dès lors, à cela près, vous étiez en estime
D'avoir une âme noble, et grande, et magnanime. 630

Cli. Je le disais dès lors ; sans cette qualité,
Vous n'eussiez pu jamais le payer de bonté.

Do. Ne te tairas-tu point ? *Cli.* Dis-je rien qu'il ne sache ?
Et fais-je à votre nom quelque nouvelle tache ?
N'était-il pas, monsieur, avec Alcippe et vous 635
Quand ce festin en l'air le rendit si jaloux ?
Lui qui fut le témoin du conte que vous fîtes,
Lui qui vous sépara lorsque vous vous battîtes ?
Ne sait-il pas encor les plus rusés détours
Dont votre esprit adroit bricola vos amours ? 640

Ph. Ami, ce flux de langue est trop grand pour se taire ;
Mais, sans plus l'écouter, parlons de votre affaire.
Elle me semble aisée, et j'ose me vanter
Qu'assez facilement je pourrai l'emporter :
Ceux dont elle dépend sont de ma connaissance, 645
Et même à la plupart je touche de naissance ;
Le mort était d'ailleurs fort peu considéré,
Et chez les gens d'honneur on ne l'a point pleuré.
Sans perdre plus de temps, souffrez que j'aille apprendre
Pour en venir à bout quel chemin il faut prendre. 650
Ne vous attristez point cependant en prison,
On aura soin de vous comme en votre maison ;
Le concierge en a l'ordre, il tient de moi sa place,
Et sitôt que je parle il n'est rien qu'il ne fasse.

Do. Ma joie est de vous voir, vous me l'allez ravir. 655

Ph. Je prends congé de vous pour vous aller servir.
Cliton divertira votre mélancolie.

SCÈNE V.

DORANTE, CLITON.

Cli. Comment va maintenant l'amour ou la folie?
Cette dame obligeante au visage inconnu,
Qui s'empare des cœurs avec son revenu,   660
Est-elle encore aimable? a-t-elle encor des charmes?
Par générosité lui rendrons-nous les armes?
Do. Cliton, je la tiens belle, et m'ose figurer
Qu'elle n'a rien en soi qu'on ne puisse adorer.
Qu'en imagines-tu? *Cli.* J'en fais des conjectures   665
Qui s'accordent fort mal avecque vos figures.
Vous payer par avance, et vous cacher son nom,
Quoi que vous présumiez, ne marque rien de bon.
À voir ce qu'elle a fait, et comme elle procède,
Je jurerais, monsieur, qu'elle est ou vieille ou laide,   670
Peut-être l'une et l'autre, et vous a regardé
Comme un galant commode, et fort incommodé.
Do. Tu parles en brutal. *Cli.* Vous en visionnaire.
Mais si je disais vrai, que prétendez-vous faire?
Do. Envoyer et la dame et les amours au vent.   675
Cli. Mais vous avez reçu : quiconque prend se vend.
Do. Quitte pour lui jeter son argent à la tête.
Cli. Le compliment est doux, et la défaite honnête.
Tout de bon à ce coup vous êtes converti;
Je le soutiens, monsieur, le proverbe a menti.   680
Sans scrupule autrefois, témoin votre Lucrèce,
Vous emportiez l'argent, et quittiez la maîtresse;
Mais Rome vous a fait si grand homme de bien,
Qu'à présent vous voulez rendre à chacun le sien.
Vous vous êtes instruit des cas de conscience.   685
Do. Tu m'embrouilles l'esprit faute de patience.

Deux ou trois jours peut-être, un peu plus, un peu moins,
Éclairciront ce trouble, et purgeront ces soins.
Tu sais qu'on m'a promis que la beauté qui m'aime
Viendra me rapporter sa réponse elle-même :   690
Vois déjà sa servante, elle revient. *Cli.* Tant pis.
Dussiez-vous enrager, c'est ce que je vous dis.
Si fréquente ambassade, et maîtresse invisible,
Sont de ma conjecture une preuve infaillible.
Voyons ce qu'elle veut, et si son passe-port   695
Est aussi bien fourni comme au premier abord.
Do. Veux-tu qu'à tous moments il pleuve des pistoles ?
Cli. Qu'avons-nous sans cela besoin de ses paroles ?

SCÈNE VI.

DORANTE, LYSE, CLITON.

Do. (*à Lyse*). Je ne t'espérais pas si soudain de retour.
Ly. Vous jugerez par là d'un cœur qui meurt d'amour. 700
De vos civilités ma maîtresse est ravie :
Elle serait venue, elle en brûle d'envie ;
Mais une compagnie au logis la retient :
Elle viendra bientôt, et peut-être elle vient ;
Et je me connais mal à l'ardeur qui l'emporte,   705
Si vous ne la voyez même avant que je sorte.
Acceptez cependant quelque peu de douceurs
Fort propres en ces lieux à conforter les cœurs :
Les sèches sont dessous, celles-ci sont liquides.
Cli. Les amours de tantôt me semblaient plus solides. 710
Si tu n'as autre chose, épargne mieux tes pas :
Cette inégalité ne me satisfait pas.
Nous avons le cœur bon, et, dans nos aventures,
Nous ne fûmes jamais hommes à confitures.

Ly. Badin, qui te demande ici ton sentiment?   715
Cli. Ah! tu me fais l'amour un peu bien rudement.
Ly. Est-ce à toi de parler? que n'attends-tu ton heure?
Do. Saurons-nous cette fois son nom, ou sa demeure?
Ly. Non pas encor sitôt.   *Do.* Mais te vaut-elle bien?
Parle-moi franchement, et ne déguise rien.   720
Ly. À ce compte, monsieur, vous me trouvez passable?
Do. Je te trouve de taille et d'esprit agréable,
Tant de grâce en l'humeur et tant d'attraits aux yeux,
Qu'à te dire le vrai, je ne voudrais pas mieux;
Elle me charmera, pourvu qu'elle te vaille.   725
Ly. Ma maîtresse n'est pas tout à fait de ma taille,
Mais elle me surpasse en esprit, en beauté,
Autant et plus encor, monsieur, qu'en qualité.
Do. Tu sais adroitement couler ta flatterie.
Que ce bout de ruban a de galanterie!   730
Je veux le dérober.   Mais qu'est-ce qui le suit?
Ly. Rendez-le-moi, monsieur; j'ai hâte, il s'en va nuit.
Do. Je verrai ce que c'est.   *Ly.* C'est une mignature.
Do. Oh, le charmant portrait! l'adorable peinture!
Elle est faite à plaisir?   *Ly.* Après le naturel.   735
Do. Je ne crois pas jamais avoir vu rien de tel.
Ly. Ces quatre diamants dont elle est enrichie
Ont sous eux quelque feuille, ou mal nette, ou blanchie;
Et je cours de ce pas y faire regarder.
Do. Et quel est ce portrait?   *Ly.* Le faut-il demander? 740
Et doutez-vous si c'est ma maîtresse elle-même?
Do. Quoi! celle qui m'écrit?   *Ly.* Oui, celle qui vous aime:
À l'aimer tant soit peu vous l'auriez deviné.
Do. Un si rare bonheur ne m'est pas destiné;
Et tu me veux flatter par cette fausse joie.   745
Ly. Quand je dis vrai, monsieur, je prétends qu'on me croie.
Mais je m'amuse trop, l'orfévre est loin d'ici;

Donnez-moi, je perds temps. *Do.* Laisse-moi ce souci;
Nous avons un orfévre arrêté pour ses dettes,
Qui saura tout remettre au point que tu souhaites.   750
Ly. Vous m'en donnez, monsieur. *Do.* Je te le ferai voir.
Ly. A-t-il la main fort bonne? *Do.* Autant qu'on peut
    l'avoir.
Ly. Sans mentir? *Do.* Sans mentir. *Cli.* Il est trop jeune,
    il n'ose.
Ly. Je voudrais bien pour vous faire ici quelque chose;
Mais vous le montrerez. *Do.* Non, à qui que ce soit.   755
Ly. Vous me ferez chasser si quelque autre le voit.
Do. Va, dors en sûreté. *Ly.* Mais enfin à quand rendre?
Do. Dès demain. *Ly.* Demain donc je viendrai le re-
    prendre;
Je ne puis me résoudre à vous désobliger.
Cli. (*à Dorante, puis à Lyse*). Elle se met pour vous en un
    très-grand danger.   760
Dirons-nous rien nous deux? *Ly.* Non. *Cli.* Comme tu
    méprises !
Ly. Je n'ai pas le loisir d'entendre tes sottises.
Cli. Avec cette rigueur tu me feras mourir.
Ly. Peut-être à mon retour je saurai te guérir;
Je ne puis mieux pour l'heure : adieu. *Cli.* Tout me suc-
    cède.   .   765

SCÈNE VII.

DORANTE, CLITON.

Do. Viens, Cliton, et, regarde. Est-elle vieille ou laide?
Voit-on des yeux plus vifs? voit-on des traits plus doux.
Cli. Je suis un peu moins dupe, et plus futé que vous.
C'est un leurre, monsieur, la chose est toute claire;
Elle a fait tout du long les mines qu'il faut faire.   770

On amorce le monde avec de tels portraits,
Pour les faire surprendre on les apporte exprès ;
On s'en fâche, on fait bruit, on vous les redemande.
Mais on tremble toujours de crainte qu'on les rende ;
Et, pour dernière adresse, une telle beauté   775
Ne se voit que de nuit et dans l'obscurité,
De peur qu'en un moment l'amour ne s'estropie
À voir l'original si loin de la copie.
Mais laissons ce discours, qui peut vous ennuyer.
Vous ferai-je venir l'orfévre prisonnier ?   780
Do. Simple ! n'as-tu point vu que c'était une feinte,
Un effet de l'amour dont mon âme est atteinte ?
Cli. Bon ; en voici déjà de deux en même jour,
Par devoir d'honnête homme, et par effet d'amour.
Avec un peu de temps nous en verrons bien d'autres.   785
Chacun a ses talents, et ce sont là les vôtres.
Do. Tais-toi, tu m'étourdis de tes sottes raisons.
Allons prendre un peu l'air dans la cour des prisons.

ACTE III.

SCÈNE I.

CLÉANDRE, DORANTE, CLITON.

(L'acte se passe dans la prison.)

Do. Je vous en prie encor, discourons d'autre chose,
Et sur un tel sujet ayons la bouche close :   790
On peut nous écouter, et vous surprendre ici ;
Et si vous vous perdez, vous me perdez aussi.

La parfaite amitié que pour vous j'ai conçue,
Quoiqu'elle soit l'effet d'une première vue,
Joint mon péril au vôtre, et les unit si bien   795
Qu'au cours de votre sort elle attache le mien.
Clé. N'ayez aucune peur, et sortez d'un tel doute.
J'ai des gens là dehors qui gardent qu'on n'écoute ;
Et je puis vous parler en toute sûreté
De ce que mon malheur doit à votre bonté.   800
  Si d'un bienfait si grand qu'on reçoit sans mérite
Qui s'avoue insolvable aucunement s'acquitte,
Pour m'acquitter vers vous autant que je le puis,
J'avoue, et hautement, monsieur, que je le suis ;
Mais si cette amitié par l'amitié se paie,   805
Ce cœur qui vous doit tout vous en rend une vraie.
La vôtre la devance à peine d'un moment,
Elle attache mon sort au vôtre également ;
Et l'on n'y trouvera que cette différence,
Qu'en vous elle est faveur, en moi reconnaissance.   810
Do. N'appelez point faveur ce qui fut un devoir.
Entre les gens de cœur il suffit de se voir.
Par un effort secret de quelque sympathie
L'un à l'autre aussitôt un certain nœud les lie :
Chacun d'eux sur son front porte écrit ce qu'il est ;   815
Et quand on lui ressemble, on prend son intérêt.
Cli. Par exemple, voyez, aux traits de ce visage
Mille dames m'ont pris pour homme de courage ;
Et sitôt que je parle, on devine à demi
Que le sexe jamais ne fut mon ennemi.   820
Clé. Cet homme a de l'humeur. *Do.* C'est un vieux domes-
            tique
Qui, comme vous voyez, n'est pas mélancolique.
À cause de son âge il se croit tout permis ;
Il se rend familier avec tous mes amis,

Mêle partout son mot, et jamais, quoi qu'on die,   825
Pour donner son avis il n'attend qu'on l'en prie.
Souvent il importune, et quelquefois il plaît.
Clé. J'en voudrais connaître un de l'humeur dont il est.
Cli. Croyez qu'à le trouver vous auriez de la peine :
Le monde n'en voit pas quatorze à la douzaine ;   830
Et je jurerais bien, monsieur, en bonne foi,
Qu'en France il n'en est point que Jodelet et moi.
Do. Voilà de ses bons mots les galantes surprises :
Mais qui parle beaucoup dit beaucoup de sottises ;
Et quand il a dessein de se mettre en crédit,   835
Plus il y fait d'effort, moins il sait ce qu'il dit.
Cli. On appelle cela des vers à ma louange.
Clé. Presque insensiblement nous avons pris le change.
Mais revenons, monsieur, à ce que je vous dois.
Do. Nous en pourrons parler encor quelque autre fois : 840
Il suffit pour ce coup.   *Clé.* Je ne saurais vous taire
En quel heureux état se trouve votre affaire.
   Vous sortirez bientôt, et peut-être demain ;
Mais un si prompt secours ne vient pas de ma main,
Les amis de Philiste en ont trouvé la voie :   845
J'en dois rougir de honte au milieu de ma joie ;
Et je ne saurais voir sans être un peu jaloux
Qu'il m'ôte les moyens de m'employer pour vous.
Je cède avec regret à cet ami fidèle ;
S'il a plus de pouvoir, il n'a pas plus de zèle ;   850
Et vous m'obligerez, au sortir de prison,
De me faire l'honneur de prendre ma maison.
⌈Je n'attends point le temps de votre délivrance,
⌊De peur qu'encore un coup Philiste me devance :
Comme il m'ôte aujourd'hui l'espoir de vous servir,   855
Vous loger est un bien que je lui veux ravir.
Do. C'est un excès d'honneur que vous me voulez rendre ;

Et je croirais faillir de m'en vouloir défendre.

Clé. Je vous en reprierai quand vous pourrez sortir ;
Et lors nous tâcherons à vous bien divertir,   860
Et vous faire oublier l'ennui que je vous cause.
   Auriez-vous cependant besoin de quelque chose?
Vous êtes voyageur, et pris par des sergents ;
Et quoique ces messieurs soient fort honnêtes gens,
Il en est quelques-uns... *Cli.* Les siens en sont du nombre ;
Ils ont en le prenant pillé jusqu'à son ombre ;   866
Et, n'était que le ciel a su le soulager,
Vous le verriez encor fort net et fort léger :
Mais comme je pleurais ses tristes aventures,
Nous avons reçu lettre, argent, et confitures.   870
Clé. Et de qui? *Do.* Pour le dire, il faudrait deviner.
Jugez ce qu'en ma place on peut s'imaginer.
   Une dame m'écrit, me flatte, me régale,
Me promet une amour qui n'eut jamais d'égale,
Me fait force présents... *Clé.* Et vous visite? *Do.* Non. 875
Clé. Vous savez son logis? *Do.* Non ; pas même son nom.
Ne soupçonnez-vous point ce que ce pourrait être?
Clé. À moins que de la voir je ne la puis connaître.
Do. Pour un si bon ami je n'ai point de secret.
Voyez, connaissez-vous les traits de ce portrait?   880
Clé. Elle semble éveillée, et passablement belle ;
Mais je ne vous en puis dire aucune nouvelle,
Et je ne connais rien à ces traits que je voi. ⟩
Je vais vous préparer une chambre chez moi.
Adieu.

SCÈNE II.

DORANTE, CLITON.

Do. Ce brusque adieu marque un trouble dans l'âme.
Sans doute il la connaît. *Cli.* C'est peut-être sa femme. 886
Do. Sa femme? *Cli.* Oui, c'est sans doute elle qui vous
    écrit;
Et vous venez de faire un coup de grand esprit.
Voilà de vos secrets et de vos confidences.
Do. Nomme-les par leur nom, dis de mes imprudences. 890
Mais serait-ce en effet celle que tu me dis?
Cli. Envoyez vos portraits à de tels étourdis,
Ils gardent un secret avec extrême adresse.
C'est sa femme, vous dis-je, ou du moins sa maîtresse,
Ne l'avez-vous pas vu tout changé de couleur?   895
Do. Je l'ai vu, comme atteint d'une vive douleur,
Faire de vains efforts pour cacher sa surprise.
Son désordre, Cliton, montre ce qu'il déguise.
Il a pris un prétexte à sortir promptement,
Sans se donner loisir d'un mot de compliment.   900
Cli. Qu'il fera dangereux rencontrer sa colère!
Il va tout renverser si l'on le laisse faire,
Et je vous tiens pour mort si sa fureur se croit;
Mais surtout ses valets peuvent bien marcher droit:
Malheureux le premier qui fâchera son maître!   905
Pour autres cent louis je ne voudrais pas l'être.
Do. La chose est sans remède; en soit ce qui pourra:
S'il fait tant le mauvais, peut-être on le verra.
Ce n'est pas qu'après tout, Cliton, si c'est sa femme,
Je ne sache étouffer cette naissante flamme;   910
Ce serait lui prêter un fort mauvais secours

Que lui ravir l'honneur en conservant ses jours;
D'une belle action j'en ferais une noire.
J'en ai fait mon ami, je prends part à sa gloire;⟩
Et je ne voudrais pas qu'on pût me reprocher   915
De servir un brave homme au prix d'un bien si cher.
Cl. Et s'il est son amant? *Do.* Puisqu'elle me préfère,
Ce que j'ai fait pour lui vaut bien qu'il me défère,
Sinon, il a du cœur, il en sait bien les lois,
Et je suis résolu de défendre son choix.   920
Tandis, pour un moment trêve de raillèrie,
Je veux entretenir un peu ma rêverie.
                    [*Il prend le portrait de Mélisse.*]
        Merveille qui m'as enchanté,
        Portrait à qui je rends les armes,
        As-tu bien autant de bonté   925
        Comme tu me fais voir de charmes?
        Hélas! au lieu de l'espérer,
        Je ne fais que me figurer
        Que tu te plains à cette belle,
        Que tu lui dis mon procédé,   930
        Et que je te fus infidèle
        Sitôt que t'eus possédé.
        Garde mieux le secret que moi,
        Daigne en ma faveur te contraindre;
        Si j'ai pu te manquer de foi,   935
        C'est m'imiter que de t'en plaindre.
        Ta colère en me punissant
        Te fait criminel d'innocent;
        Sur toi retombent les vengeances...
            Cli. (*lui ôtant le portrait*).
Vous ne dites, monsieur, que des extravagances,   940
Et parlez justement le langage des fous.
Donnez, j'entretiendrai ce portrait mieux que vous;

S. M.   4

Je veux vous en montrer de meilleures méthodes,
Et lui faire des vœux plus courts et plus commodes.

       Adorable et riche beauté,   945
       Qui joins les effets aux paroles,
       Merveille qui m'as enchanté
       Par tes douceurs et tes pistoles,
       Sache un peu mieux les partager,
       Et, si tu nous veux obliger   950
       À dépeindre aux races futures
       L'éclat de tes faits inouïs,
       Garde pour toi les confitures,
       Et nous accable de louis.

Voilà parler en homme. *Do.* Arrête tes saillies,   955
Ou va du moins ailleurs débiter tes folies.
Je ne suis pas toujours d'humeur à t'écouter.
Cli. Et je ne suis jamais d'humeur à vous flatter;
Je ne vous puis souffrir de dire une sottise:
Par un double intérêt je prends cette franchise;   960
L'un, vous êtes mon maître, et j'en rougis pour vous;
L'autre, c'est mon talent, et j'en deviens jaloux.
Do. Si c'est là ton talent, ma faute est sans exemple.
Cli. Ne me l'enviez point, le vôtre est assez ample;
Et puisque enfin le ciel m'a voulu départir   965
Le don d'extravaguer, comme à vous de mentir,
Comme je ne mens point devant votre excellence,
Ne dites à mes yeux aucune extravagance;
N'entreprenez sur moi, non plus que moi sur vous.
Do. Tais-toi; le ciel m'envoie un entretien plus doux; 970
L'ambassade revient. *Cli.* Que nous apporte-t-elle?
Do. Maraud, veux-tu toujours quelque douceur nouvelle?
Cli. Non pas, mais le passé m'a rendu curieux;
Je lui regarde aux mains un peu plutôt qu'aux yeux.

SCÈNE III.

DORANTE, MÉLISSE, déguisée en servante, cachant son visage sous une coiffe; CLITON, LYSE.

(*Cli. à Lyse*).

Montre ton passeport. Quoi! tu viens les mains vides! 975
    (*à Dorante.*)
Ainsi détruit le temps les biens les plus solides;
Et moins d'un jour réduit tout votre heur et le mien,
Des louis aux douceurs, et des douceurs à rien.
Ly. Si j'apportai tantôt, à présent je demande.
Do. Que veux-tu? *Ly.* Ce portrait, que je veux qu'on me
    rende. 980
Do. As-tu pris du secours pour faire plus de bruit?
Ly. J'amène ici ma sœur, parce qu'il s'en va nuit.
Mais vous pensez en vain chercher une défaite :
Demandez-lui, monsieur, quelle vie on m'a faite.
Do. Quoi! ta maîtresse sait que tu me l'as laissé? 985
Ly. Elle s'en est doutée, et je l'ai confessé.
Do. Elle s'en est donc mise en colère? *Ly.* Et si forte,
Que je n'ose rentrer si je ne le rapporte :
Si vous vous obstinez à me le retenir,
Je ne sais dès ce soir, monsieur, que devenir ; 990
Ma fortune est perdue, et dix ans de service.
Do. Écoute ; il n'est pour toi chose que je ne fisse :
Si je te nuis ici, c'est avec grand regret ;
Mais on aura mon cœur avant que ce portrait.
    Va dire de ma part à celle qui t'envoie 995
Qu'il fait tout mon bonheur, qu'il fait toute ma joie ;
Que rien n'approcherait de mon ravissement,
Si je le possédais de son consentement ;
Qu'il est l'unique bien où mon espoir se fonde,
Qu'il est le seul trésor qui me soit cher au monde. 1000

Et, quant à ta fortune, il est en mon pouvoir
De la faire monter par delà ton espoir.
Ly. Je ne veux point de vous, ni de vos récompenses.
Do. Tu me dédaignes trop.
   Ly. Je le dois. *Cli.* Tu l'offenses.
Mais voulez-vous, monsieur, me croire et vous venger ? 1005
Rendez-lui son portrait pour la faire enrager.
Ly. O le grand habile homme! il y connaît finesse.
C'est donc ainsi, monsieur, que vous tenez promesse ?
Mais puisque auprès de vous j'ai si peu de crédit,
Demandez à ma sœur ce qu'elle m'en a dit,   1010
Et si c'est sans raison que j'ai tant d'épouvante. .
Do. Tu verras que ta sœur sera plus obligeante ;
Mais ci ce grand courroux lui donne autant d'effroi,
Je ferai tout autant pour elle que pour toi.
Ly. N'importe, parlez lui ; du moins vous saurez d'elle 1015
Avec quelle chaleur j'ai pris votre querelle.
Do. (*à Mélisse*). Son ordre est-il si rude ? *Mé.* Il est assez
      exprès ;
Mais, sans mentir, ma sœur vous presse un peu de près ;
Quoi qu'elle ait commandé, la chose a deux visages.
Cli. Comme toutes les deux jouent leurs personnages ! 1020
Mé. Souvent tout cet effort à ravoir un portrait
N'est que pour voir l'amour par l'état qu'on en fait.
C'est peut-être après tout le dessein de madame.
Ma sœur, non plus que moi, ne lit pas dans son âme ;
En ces occasions il fait bon hasarder,   1025
Et de force ou de gré je saurais le garder.
Si vous l'aimez, monsieur, croyez qu'en son courage
Elle vous aime assez pour vous laisser ce gage :
Ce serait vous traiter avec trop de rigueur,
Puisque avant ce portrait on aura votre cœur ;   1030
Et je la trouverais d'une humeur bien étrange

Si je ne lui faisais accepter cet échange.
Je l'entreprends pour vous, et vous répondrai bien
Qu'elle aimera ce gage autant comme le sien.
Do. O ciel! et de quel nom faut-il que je te nomme ? 1035
Cli. Ainsi font deux soldats logés chez le bonhomme :
Quand l'un veut tout tuer, l'autre rabat les coups :
L'un jure comme un diable, et l'autre file doux.
  Les belles, n'en déplaise à tout votre grimoire,
Vous vous entr'entendez comme larrons en foire.   1040
Mé. Que dit cet insolent ? *Do.* C'est un fou qui me sert.
Cli. Vous dites que... *Do.* (à *Cliton*). Tais-toi, ta sottise
      me perd.
  (à *Mélisse*).
Je suivrai ton conseil, il m'a rendu la vie.
Ly. Avec sa complaisance à flatter votre envie,
Dans le cœur de madame elle croit pénétrer ;   1045
Mais son front en rougit, et n'ose se montrer.
Mé. (*se découvrant*). Mon front n'en rougit point ; et je
      veux bien qu'il voie
D'où lui vient ce conseil qui lui rend tant de joie.
Do. Mes yeux, que vois-je ? où suis-je ? êtes-vous des
      flatteurs ?
Si le portrait dit vrai, les habits sont menteurs.   1050
Madame, c'est ainsi que vous savez surprendre ?
Mé. C'est ainsi que je tâche à ne me point méprendre,
A voir si vous m'aimez, et savez mériter
Cette parfaite amour que je vous veux porter.
  Ce portrait est à vous, vous l'avez su défendre,   1055
Et de plus sur mon cœur vous pouvez tout prétendre;
Mais, par quelque motif que vous l'eussiez rendu,
L'un et l'autre à jamais était pour vous perdu :
Je retirais le cœur en retirant ce gage,
Et vous n'eussiez de moi jamais vu que l'image.   1060

Voilà le vrai sujet de mon déguisement.
Pour ne rien hasarder j'ai pris ce vêtement,
Pour entrer sans soupçons, pour en sortir de même,
Et ne me point montrer qu'ayant vu si l'on m'aime.
Do. Je demeure immobile ; et, pour vous répliquer,   1065
Je perds la liberté même de m'expliquer.
Surpris, charmé, confus d'une telle merveille,
Je ne sais si je dors, je ne sais si je veille,
Je ne sais si je vis ; et je sais toutefois
Que ma vie est trop peu pour ce que je vous dois ;   1070
Que tous mes jours usés à vous rendre service,
Que tout mon sang pour vous offert en sacrifice,
Que tout mon cœur brûlé d'amour pour vos appas,
Envers votre beauté ne m'acquitteraient pas.
Mé. Sachez, pour arrêter ce discours qui me flatte,   1075
Que je n'ai pu moins faire, à moins que d'être ingrate.
Vous avez fait pour moi plus que vous ne savez ;
Et je vous dois bien plus que vous ne me devez.
Vous m'entendrez un jour ; à présent je vous quitte ;
Et, malgré mon amour, je romps cette visite :   1080
Le soin de mon honneur veut que j'en use ainsi ;
Je crains à tous moments qu'on me surprenne ici ;
Encor que déguisée, on pourrait me connaître.
Je vous puis cette nuit parler par ma fenêtre,
Du moins si le concierge est homme à consentir,   1085
À force de présents, que vous puissiez sortir:
Un peu d'argent fait tout chez les gens de sa sorte.
Do. Mais, après que les dons m'auront ouvert la porte,
Où dois-je vous chercher ? *Mé.* Ayant su la maison,
Vous pourriez aisément vous informer du nom ;   1090
Encore un jour ou deux il me faut vous le taire :
Mais vous n'êtes pas homme à me vouloir déplaire.
Je loge en Bellecour, environ au milieu,

Dans un grand pavillon. N'y manquez pas. Adieu.
Do. Donnez quelque signal pour plus certaine adresse. 1095
Ly. Un linge servira de marque plus expresse ;
J'en prendrai soin. *Mé.* On ouvre, et quelqu'un vous vient
     voir;
Si vous m'aimez, monsieur... [*Elles baissent toutes deux leurs
     coiffes.*] *Do.* Je sais bien mon devoir ;
Sur ma discrétion prenez toute assurance.

SCÈNE IV.

PHILISTE, DORANTE, CLITON.

Ph. Ami, notre bonheur passe notre espérance. 1100
Vous avez compagnie ? Ah ! voyons, s'il vous plaît.
Do. Laissez-les échapper, je vous dirai qui c'est.
Ce n'est qu'une lingère : allant en Italie,
Je la vis en passant, et la trouvai jolie ;
Nous fîmes connaissance; et me sachant ici, 1105
Comme vous le voyez, elle en a pris souci.
Ph. Vous trouvez en tous lieux d'assez bonnes fortunes.
Do. Celle-ci pour le moins n'est pas des plus communes.
Ph. Elle vous semble belle, à ce compte ? *Do.* À ravir.
Ph. Je n'en suis point jaloux. *Do.* M'y voulez-vous
     servir ? 1110
Ph. Je suis trop maladroit pour un si noble rôle.
Do. Vous n'avez seulement qu'à dire une parole.
Ph. Qu'une ? *Do.* Non. Cette nuit j'ai promis de la voir,
Sûr que vous obtiendrez mon congé pour ce soir.
Le concierge est à vous. *Ph.* C'est une affaire faite. 1115
Do. Quoi ! vous me refusez un mot que je souhaite ?
Ph. L'ordre, tout au contraire, en est déjà donné,
Et votre esprit trop prompt n'a pas bien deviné.
    Comme je vous quittais avec peine à vous croire,
Quatre de mes amis m'ont conté votre histoire : 1120

Ils marchaient après vous deux ou trois mille pas ;
Ils vous ont vu courir, tomber le mort à bas,
L'autre vous démonter, et fuir en diligence :
Ils ont vu tout cela de sur une éminence,
Et n'ont connu personne, étant trop éloignés.   1125
Voilà, quoi qu'il en soit, tous nos procès gagnés,
Et plus tôt de beaucoup que je n'osais prétendre.
Je n'ai point perdu temps, et les ai fait entendre ;
Si bien que, sans chercher d'autre éclaircissement,
Vos juges m'ont promis votre élargissement.   1130
Mais, quoiqu'il soit constant qu'on vous prend pour un autre,
Il faudra caution, et je serai la vôtre :
Ce sont formalités que pour vous dégager
Les juges, disent-ils, sont tenus d'exiger ;
Mais sans doute ils en font ainsi que bon leur semble. 1135
Tandis, ce soir chez moi nous souperons ensemble :
Dans un moment ou deux vous y pourrez venir ;
Nous aurons tout loisir de nous entretenir,
Et vous prendrez le temps de voir votre lingère.
Ils m'ont dit toutefois qu'il serait nécessaire   1140
De coucher pour la forme un moment en prison,
Et m'en ont sur-le-champ rendu quelque raison ;
Mais c'est si peu mon jeu que de telles matières,
Que j'en perds aussitôt les plus belles lumières.
Vous sortirez demain, il n'est rien de plus vrai ;   1145
C'est tout ce que j'en aime, et tout ce que j'en sai.
Do. Que ne vous dois-je point pour de si bons offices !
Ph. Ami, ce ne sont là que de petits services ;
Je voudrais pouvoir mieux, tout me serait fort doux.
Je vais chercher du monde à souper avec vous.   1150
Adieu : je vous attends au plus tard dans une heure.

SCÈNE V.

DORANTE. CLITON.

Do. Tu ne dis mot, Cliton.   *Cli.* Elle est belle, ou je
    meure.
Do. Elle te semble belle ?   *Cli.* Et si parfaitement
Que j'en suis même encor dans le ravissement.
Encor dans mon esprit je la vois, et l'admire,   1155
Et je n'ai su depuis trouver le mot à dire.
Do. Je suis ravi de voir que mon élection
Ait enfin mérité ton approbation.
Cli. Ah ! plût à Dieu, monsieur, que ce fût la servante !
Vous verriez comme quoi je la trouve charmante,   1160
Et comme pour l'aimer je ferais le mutin.
Do. Admire en cet amour la force du destin.
Cli. J'admire bien plutôt votre adresse ordinaire,
Qui change en un moment cette dame en lingère.
Do. C'était nécessité dans cette occasion,   1165
De crainte que Philiste eût quelque vision,
S'en formât quelque idée, et la pût reconnaître.
Cli. Cette métamorphose est de vos coups de maître ;
Je n'en parlerai plus, monsieur, que cette fois :
Mais en un demi-jour comptez déjà pour trois.   1170
Un coupable honnête homme, un portrait, une dame,
À son premier métier rendent soudain votre âme ;
Et vous savez mentir par générosité,
Par adresse d'amour, et par nécessité.
Quelle conversion !   *Do.* Tu fais bien le sévère.   1175
Cli. Non, non, à l'avenir je fais vœu de m'en taire ;
J'aurais trop à compter.   *Do.* Conserver un secret,
Ce n'est pas tant mentir qu'être amoureux discret ;
L'honneur d'une maîtresse aisément y dispose.   1179
Cli. Ce n'est qu'autre prétexte, et non pas autre chose.

Croyez-moi, vous mourrez, monsieur, dans votre peau,
Et vous mériterez cet illustre tombeau,
Cette digne oraison que naguère j'ai faite :
Vous vous en souvenez sans que je la répète.
Do. Pour de pareils sujets peut-on s'en garantir ?   1185
Et toi-même à ton tour ne crois-tu point mentir ?
L'occasion convie, aide, engage, dispense ;
Et pour servir un autre on ment sans qu'on y pense.
Cli. Si vous m'y surprenez, étrillez-y moi bien.
Do. Allons trouver Philiste, et ne jurons de rien.   1190

ACTE IV.

SCÈNE I.

MÉLISSE, LYSE.

Mé. J'en tremble encor de peur, et n'en suis pas remise.
Ly. Aussi bien comme vous je pensais être prise.
Mé. Non, Philiste n'est fait que pour m'incommoder.
Voyez ce qu'en ces lieux il venait demander,
S'il est heure si tard de faire une visite.   1195
Ly. Un ami véritable à toute heure s'acquitte ;
Mais un amant fâcheux, soit de jour, soit de nuit,
Toujours à contre-temps à nos yeux se produit ;
Et, depuis qu'une fois il commence à déplaire,
Il ne manque jamais d'occasion contraire,   1200
Tant son mauvais destin semble prendre de soins
À mêler sa présence où l'on la veut le moins !
Mé. Quel désordre eût-ce été, Lyse, s'il m'eût connue !
Ly. Il vous aurait donné fort avant dans la vue.
Mé. Quel bruit et quel éclat n'eût point fait son courroux !

Ly. Il eût été peut-être aussi honteux que vous.⁣ 1206
Un homme un peu content et qui s'en fait accroire,
Se voyant méprisé, rabat bien de sa gloire,
Et, surpris qu'il en est en telle occasion,
Toute sa vanité tourne en confusion.⁣ 1210
Quand il a de l'esprit, il sait rendre le change ;
Loin de s'en émouvoir, en raillant il se venge,
Affecte des mépris, comme pour reprocher
Que la perte qu'il fait ne vaut pas s'en fâcher ;
Tant qu'il peut, il témoigne une âme indifférente.⁣ 1215
Quoi qu'il en soit enfin, vous avez vu Dorante,
Et fort adroitement je vous ai mise en jeu.
Mé. Et fort adroitement tu m'as fait voir son feu.
Ly. Eh bien ! mais que vous semble encor du personnage ?
Vous en ai-je trop dit ? *Mé.* J'en ai vu davantage.⁣ 1220
Ly. Avez-vous du regret d'avoir trop hasardé ?
Mé. Je n'ai qu'un déplaisir, d'avoir si peu tardé.
Ly. Vous l'aimez ? *Mé.* Je l'adore. *Ly.* Et croyez qu'il
vous aime ?
Mé. Qu'il m'aime, et d'une amour, comme la mienne,
extrême.
Ly. Une première vue, un moment d'entretien,⁣ 1225
Vous fait ainsi tout croire, et ne douter de rien !
Mé. Quand les ordres du ciel nous ont fait l'un pour l'autre,
Lyse, c'est un accord bientôt fait que le nôtre :
Sa main entre les cœurs, par un secret pouvoir,
Sème l'intelligence avant que de se voir ;⁣ 1230
Il prépare si bien l'amant et la maîtresse,
Que leur âme au seul nom s'émeut et s'intéresse.
On s'estime, on se cherche, on s'aime en un moment ;
Tout ce qu'on s'entredit persuade aisément ;
Et, sans s'inquiéter d'aucunes peurs frivoles,⁣ 1235
La foi semble courir au-devant des paroles ;

La langue en peu de mots en explique beaucoup ;
Les yeux, plus éloquents, font tout voir tout d'un coup ;
Et, de quoi qu'à l'envi tous les deux nous instruisent,
Le cœur en entend plus que tous les deux n'en disent.   1240
Ly. Si, comme dit Sylvandre, une âme en se formant,
Ou descendant du ciel, prend d'une autre l'aimant,
La sienne a pris le vôtre, et vous a rencontrée.
Mé. Quoi ! tu lis les romans ? *Ly.* Je puis bien lire *Astrée ;*
Je suis de son village, et j'ai de bons garants   1245
Qu'elle et son Céladon étaient de mes parents.
Mé. Quelle preuve en as-tu ? *Ly.* Ce vieux saule, madame,
Où chacun d'eux cachait ses lettres et sa flamme,
Quand le jaloux Sémire en fit un faux témoin.   .
Du pré de mon grand-père il fait encor le coin ;   1250
Et l'on m'a dit que c'est un infaillible signe
Que d'un si rare hymen je viens en droite ligne.
Vous ne m'en croyez pas ? *Mé.* De vrai, c'est un grand
         point.
Ly. Aurais-je tant d'esprit, si cela n'était point ?
D'où viendrait cette adresse à faire vos messages,   1255
À jouer avec vous de si bons personnages,
Ce trésor de lumière et de vivacité,
Que d'un sang amoureux que j'ai d'eux hérité ?
Mé. Tu le disais tantôt, chacun a sa folie ;
Les uns l'ont importune, et la tienne est jolie.   1260

SCÈNE II.

CLÉANDRE, MÉLISSE, LYSE.

Clé. Je viens d'avoir querelle avec ce prisonnier,
Ma sœur. *Mé.* Avec Dorante ? avec ce cavalier
Dont vous tenez l'honneur, dont vous tenez la vie ?
Qu'avez-vous fait ? *Clé.* Un coup dont tu seras ravie.
Mé. Qu'à cette lâcheté je puisse consentir !   1265

Clé. Bien plus, tu m'aideras à le faire mentir.

Mé. Ne le présumez pas, quelque espoir qui vous flatte ;
Si vous êtes ingrat, je ne puis être ingrate.

Clé. Tu sembles t'en fâcher ! *Mé.* Je m'en fâche pour
    vous.

D'un mot il peut vous perdre, et je crains son cour
    roux.   1270

Clé. Il est trop généreux ; et d'ailleurs la querelle,
Dans les termes qu'elle est, n'est pas si criminelle.
Écoute. Nous parlions des dames de Lyon ;
Elles sont assez mal en son opinion :
Il confesse de vrai qu'il a peu vu la ville,   1275
Mais il se l'imagine en beautés fort stérile,
Et ne peut se résoudre à croire qu'en ces lieux
La plus belle ait de quoi captiver de bons yeux.
Pour l'honneur du pays j'en nomme trois ou quatre ;
Mais, à moins que de voir, il n'en veut rien rabattre : 1280
Et, comme il ne le peut étant dans la prison,
J'ai cru par un portrait le mettre à la raison ;
Et, sans chercher plus loin ces beautés qu'on admire,
Je ne veux que le tien pour le faire dédire.
Me le dénieras-tu, ma sœur, pour un moment ?   1285

Mé. Vous me jouez, mon frère, assez accortement ;
La querelle est adroite, et bien imaginée.

Clé. Non, je m'en suis vanté, ma parole est donnée.

Mé. S'il faut ruser ici, j'en sais autant que vous,
Et vous serez bien fin si je ne romps vos coups.   1290
Vous pensez me surprendre, et je n'en fais que rire ;
Dites donc tout d'un coup ce que vous voulez dire.

Clé. Eh bien l je viens de voir ton portrait en ses mains.

Mé. Et c'est ce qui vous fâche ? *Clé.* Et c'est dont je me
    plains.

Mé. J'ai cru vous obliger, et l'ai fait pour vous plaire: 1295

Votre ordre était exprès. *Clé.* Quoi ! je te l'ai fait faire ?
Mé. Ne m'avez-vous pas dit : " Sous ces déguisements
Ajoute à ton argent perles et diamants ? "
Ce sont vos propres mots, et vous en êtes cause.
Clé. Eh quoi ! de ce portrait disent-ils quelque chose ?   1300
Mé. Puisqu'il est enrichi de quatre diamants,
N'est-ce pas obéir à vos commandements ?
Clé. C'est fort bien expliquer le sens de mes prières.
Mais, ma sœur, ces faveurs sont un peu singulières :
Qui donne le portrait promet l'original.   1305
Mé. C'est encore votre ordre, ou je m'y connais mal.
Ne m'avez-vous pas dit : " Prends souci de me plaire,
Et vois ce que tu dois à qui te sauve un frère ? "
Puisque vous lui devez et la vie et l'honneur,
Pour vous en revancher dois-je moins que mon cœur ?   1310
Et doutez-vous encore à quel point je vous aime,
Quand pour vous acquitter je me donne moi-même ?
Clé. Certes, pour m'obéir avec plus de chaleur,
Vous donnez à mon ordre une étrange couleur,
Et prenez un grand soin de bien payer mes dettes :   1315
Non que mes volontés en soient mal satisfaites ;
Loin d'éteindre ce feu, je voudrais l'allumer,
Qu'il eût de quoi vous plaire, et voulût vous aimer.
Je tiendrais à bonheur de l'avoir pour beau-frère ;
J'en cherche le moyens, j'y fais ce qu'on peut faire,   1320
Et c'est à ce dessein qu'au sortir de prison
Je viens de l'obliger à prendre la maison,
Afin que l'entretien produise quelques flammes
Qui forment doucement l'union de vos âmes.
Mais vous savez trouver des chemins plus aisés ;   1325
Sans savoir s'il vous plaît, ni si vous lui plaisez,
Vous pensez l'engager en lui donnant ces gages,
Et lui donnez sur vous de trop grands avantages.

Que sera-ce, ma sœur, si, quand vous le verrez,
Vous n'y rencontrez pas ce que vous espérez, 1330
Si quelque aversion vous prend pour son visage,
Si le vôtre le choque, ou qu'un autre l'engage,
Et que de ce portrait, donné légèrement,
Il érige un trophée à quelque objet charmant?
Mé. Sans l'avoir jamais vu je connais son courage : 1335
Qu'importe après cela quel en soit le visage?
Tout le reste m'en plaît; si le cœur en est haut,
Et si l'âme est parfaite, il n'a point de défaut.
Ajoutez que vous-même, après votre aventure,
Ne m'en avez pas fait une laide peinture; 1340
Et, comme vous devez vous y connaître mieux,
Je m'en rapporte à vous, et choisis par vos yeux.
N'en doutez nullement, je l'aimerai, mon frère;
Et si ces faibles traits n'ont point de quoi lui plaire,
S'il aime en autre lieu, n'en appréhendez rien : 1345
Puisqu'il est généreux, il en usera bien.
Clé. Quoi qu'il en soit, ma sœur, soyez plus retenue
Alors qu'à tous moments vous serez à sa vue.
Votre amour me ravit, je veux le couronner;
Mais souffrez qu'il se donne avant que vous donner. 1350
Il sortira demain, n'en soyez point en peine.
Adieu : je vais une heure entretenir Climène.

SCÈNE III.

MÉLISSE, LYSE.

Ly. Vous en voilà défaite et quitte à bon marché.
Encore est-il traitable alors qu'il est fâché.
Sa colère a pour vous une douce méthode, 1355
Et sur la remontrance il n'est pas incommode.
Mé. Aussi qu'ai-je commis pour en donner sujet?
Me ranger à son choix sans savoir son projet,

Deviner sa pensée, obéir par avance,
Sont-ce, Lyse, envers lui des crimes d'importance ?   1360
Ly. Obéir par avance est un jeu délicat
Dont tout autre que lui ferait un mauvais plat.
Mais ce nouvel amant dont vous faites votre âme
Avec un grand secret ménage votre flamme :
Devait-il exposer ce portrait à ses yeux ?   1365
Je le tiens indiscret.   *Mé.* Il n'est que curieux,
Et ne montrerait pas si grande impatience
S'il me considérait avec indifférence ;
Outre qu'un tel secret peut souffrir un ami.
Ly. Mais un homme qu'à peine il connaît à demi ?   1370
Mé. Mon frère lui doit tant, qu'il a lieu d'en attendre
Tout ce que d'un ami tout autre peut prétendre.
Ly. L'amour excuse tout dans un cœur enflammé,
Et tout crime est léger dont l'auteur est aimé.
Je serais plus sévère, et tiens qu'à juste titre   1375
Vous lui pouvez tantôt en faire un bon chapitre.
Mé. Ne querellons personne ; et, puisque tout va bien
De crainte d'avoir pis, ne nous plaignons de rien.
Ly. Que vous avez de peur que le marché n'échappe !
Mé. Avec tant de façons que veux-tu que j'attrape ?   1380
Je possède son cœur, je ne veux rien de plus,
Et je perdrais le temps en débats superflus.
Quelquefois en amour trop de finesse abuse.
S'excusera-t-il mieux que mon feu ne l'excuse ?
Allons, allons l'attendre ; et, sans en murmurer,   1385
Ne pensons qu'aux moyens de nous en assurer.
Ly. Vous ferez-vous connaître ?   *Mé.* Oui, s'il sait de mon
                    frère
Ce que jusqu'à présent j'avais voulu lui taire ;
Sinon, quand il viendra prendre son logement,
Il se verra surpris plus agréablement.   1390

SCÈNE IV.

DORANTE, PHILISTE, CLITON.

Do. Me reconduire encor! cette cérémonie
D'entre les vrais amis devrait être bannie.
Ph. Jusques en Bellecour je vous ai reconduit
Pour voir une maîtresse en faveur de la nuit.
Le temps est assez doux, et je la vois paraître   1395
En de semblables nuits souvent à la fenêtre :
J'attendrai le hasard un moment en ce lieu,
Et vous laisse aller voir votre lingère. Adieu.
Do. Que je vous laisse ici, de nuit, sans compagnie !
Ph. C'est faire à votre tour trop de cérémonie.   1400
Peut-être qu'à Paris j'aurais besoin de vous ;
Mais je ne crains ici ni rivaux, ni filous.
Do. Ami, pour des rivaux, chaque jour en fait naître ;
Vous pouvez en avoir, et ne les pas connaître :
Ce n'est pas que je veuille entrer dans vos secrets ;   1405
Mais nous nous tiendrons loin en confidents discrets.
J'ai du loisir assez. *Ph.* Si l'heure ne vous presse,
Vous saurez mon secret touchant cette maîtresse,
Elle demeure, ami, dans ce grand pavillon.
Cli. (bas). Tout se prépare mal, à cet échantillon.   1410
Do. Est-ce où je pense voir un linge qui voltige ?
Ph. Justement. *Do.* Elle est belle ? *Ph.* Assez. *Do.* Et
     vous oblige ?
Ph. Je ne saurais encor, s'il faut tout avouer,
Ni m'en plaindre beaucoup, ni beaucoup m'en louer ;
Son accueil n'est pour moi ni trop doux, ni trop rude ;   1415
Il est et sans faveur, et sans ingratitude,
Et je la vois toujours dedans un certain point
Qui ne me chasse pas, et ne l'engage point.
Mais je me trompe fort, ou sa fenêtre s'ouvre.
Do. Je me trompe moi-même, ou quelqu'un s'y découvre. 1420

Ph. J'avance ; approchez-vous, mais sans suivre mes pas,
Et prenez un détour qui ne vous montre pas :
Vous jugerez quel fruit je puis espérer d'elle.
Pour Cliton, il peut faire ici la sentinelle.
Do. (*parlant à Cliton, après que Philiste s'est éloigné*).
Que me vient-il de dire ? et qu'est-ce que je voi ?   1425
Cliton, sans doute il aime en même lieu que moi.
O ciel ! que mon bonheur est de peu de durée !
Cli. S'il prend l'occasion qui vous est préparée,
Vous pouvez disputer avec votre valet
À qui mieux de vous deux gardera le mulet.   1430
Do. Que de confusion et de trouble en mon âme !
Cli. Allez prêter l'oreille aux discours de la damè ;
Au bruit que je ferai prenez bien votre temps,
Et nous lui donnerons de jolis passe-temps. (*Dorante va
      auprès de Philiste.*)

SCÈNE V.

MÉLISSE, LYSE, à la fenêtre ; PHILISTE, DORANTE, CLITON.

Mé. Est-ce vous ? *Ph.* Oui, madame. *Mé.* Ah ! que j'en
      suis ravie !   1435
Que mon sort cette nuit devient digne d'envie !
Certes, je n'osais plus espérer ce bonheur.
Ph. Manquerais-je à venir où j'ai laissé mon cœur ?
Mé. Qu'ainsi je sois aimée ! et que de vous j'obtienne
Une amour si parfaite, et pareille à la mienne !   1440
Ph. Ah ! s'il en est besoin, j'en jure, et par vos yeux.
Mé. Vous revoir en ce lieu m'en persuade mieux ;
Et, sans autre serment, cette seule visite
M'assure d'un bonheur qui passe mon mérite.
Cli. À l'aide ! *Mé.* J'ois du bruit. *Cli.* À la force ! au
      secours !   1445
Ph. C'est quelqu'un qu'on maltraite ; excusez si j'y cours.

Madame, je reviens. *Cliton (s'éloignant toujours derrière le théâtre):* On m'égorge, on me tue.
Au meurtre ! *Ph.* Il est déjà dans la prochaine rue.
Do. C'est Cliton ; retournez, il suffira de moi.
Ph. Je ne vous quitte point ; allons. *(Ils sortent tous deux.)*
    Mé. Je meurs d'effroi.   1450
Cli. (derrière le théâtre). Je suis mort ! *Mé.* Un rival lui
    fait cette surprise.
Ly. C'est plutôt quelque ivrogne, ou quelque autre sottise
Qui ne méritait pas rompre votre entretien.
Mé. Tu flattes mes désirs.

SCÈNE VI.

DORANTE, MÉLISSE, LYSE.

    Do. Madame, ce n'est rien :
Des marauds, dont le vin embrouillait la cervelle,   1455
Vidaient à coups de poing une vieille querelle ;
Ils étaient trois contre un, et le pauvre battu.
À crier de la sorte exerçait sa vertu.
(bas.) Si Cliton m'entendait, il compterait pour quatre.
Mé. Vous n'avez donc point eu d'ennemis à combattre? 1460
Do. Un coup de plat d'épée a tout fait écouler.
Mé. Je mourais de frayeur, vous y voyant aller.
Do. Que Philiste est heureux ! qu'il doit aimer la vie !
Mé. Vous n'avez pas sujet de lui porter envie.
Do. Vous lui parliez naguère en termes assez doux.   1465
Mé. Je pense d'aujourdhui n'avoir parlé qu'à vous.
Do. Vous ne lui parliez pas avant tout ce vacarme?
Vous ne lui disiez pas que son amour vous charme?
Qu'aucuns feux à vos feux ne 'peuvent s'égaler?
Mé. J'ai tenu ce discours, mais j'ai cru vous parler.   1470
N'êtes-vous pas Dorante? *Do.* Oui, je le suis, madame,
Le malheureux témoin de votre peu de flamme.
Ce qu'un moment fit naître, un autre l'a détruit ;

Et l'ouvrage d'un jour se perd en une nuit.

Mé. L'erreur n'est pas un crime ; et votre aimable idée,   1475
Régnant sur mon esprit, m'a si bien possédée,
Que dans ce cher objet le sien s'est confondu,
Et lorsqu'il m'a parlé je vous ai répondu ;
En sa place tout autre eût passé pour vous-même :
Vous verrez par la suite.à quel point je vous aime.   1480
Pardonnez cependant à mes esprits déçus ;
Daignez prendre pour vous les vœux qu'il a reçus ;
Ou si, manque d'amour, votre soupçon persiste...

Do. N'en parlons plus, de grâce, et parlons de Philiste :
Il vous sert, et la nuit me l'a trop découvert.   1485

Mé. Dites qu'il m'importune, et non pas qu'il me sert :
N'en craignez rien.   Adieu, j'ai peur qu'il ne revienne.

Do. Où voulez-vous demain que je vous entretienne ?
Je dois être élargi.   *Mé.* Je vous ferai savoir
Dès demain chez Cléandre où vous me pourrez voir.   1490

Do. Et qui vous peut sitôt apprendre ces nouvelles ?

Mé. Et ne savez-vous pas que l'amour a des ailes ?

Do. Vous avez habitude avec ce cavalier ?

Mé. Non, je sais tout cela d'un esprit familier ;
Soyez moins curieux, plus secret, plus modeste,   1495
Sans ombrage, et demain nous parlerons du'reste.

Do. (seul). Comme elle est ma maîtresse, elle m'a fait leçon,
Et d'un soupçon je tombe en un autre soupçon.
Lorsque je crains Cléandre, un ami me traverse ;
Mais nous avons bien fait de rompre le commerce.   1500
Je crois l'entendre.

SCÈNE VII.

DORANTE, PHILISTE, CLITON.

Phil. Ami, vous m'avez tôt quitté !

Do. Sachant fort peu la ville, et dans l'obscurité,

En moins de quatre pas j'ai tout perdu de vue ;
Et, m'étant égaré dès la première rue,
Comme je sais un peu ce que c'est que l'amour,   1505
J'ai cru qu'il vous fallait attendre en Bellecour ;
Mais je n'ai plus trouvé personne à la fenêtre.
Dites-moi cependant, qui massacrait ce traitre ?
Qui le faisait crier ? *Phil.* À quelque mille pas,
Je l'ai rencontré seul tombé sur des plâtras.   1510
Dor. Maraud, ne criais-tu que pour nous mettre en peine ;
Cli. Souffrez encore un peu que je reprenne haleine.
    Comme à Lyon le peuple aime fort les laquais,
Et leur donne souvent de dangereux paquets,
Deux coquins, me trouvant tantôt en sentinelle,   1515
Ont laissé choir sur moi leur haine naturelle ;
Et sitôt qu'ils ont vu mon habit rouge et vert...
Do. Quand il est nuit sans lune, et qu'il fait temps couvert,
Connaît-on les couleurs ? tu donnes une bourde.
Cli. Ils portaient sous le bras une lanterne sourde.   1520
C'était fait de ma vie, ils me trainaient à l'eau ;
Mais, sentant du secours, ils ont craint pour leur peau,
Et, jouant des talons tous deux en gens habiles,
Ils m'ont fait trébucher sur un monceau de tuiles,
Chargé de tant de coups et de poing et de pied,   1525
Que je crois tout au moins en être estropié.
Puissé-je voir bientôt la canaille noyée !
Phil. Si j'eusse pu les joindre, ils me l'eussent payée
L'heureuse occasion dont je n'ai pu jouir,
Et que cette sottise a fait évanouir.   1530
Vous en êtes témoin, cette belle adorable
Ne me pourrait jamais être plus favorable ;
Jamais j'en reçus d'accueil si gracieux :
Mais j'ai bientôt perdu ces moments précieux.

SCÈNE VIII.

DORANTE, CLITON.

Do. Cliton, si tu le peux, regarde-moi sans rire.   1535
Cli. J'entends à demi-mot, et ne m'en puis dédire.
J'ai gagné votre mal. *Do.* Eh bien ! l'occasion ?
Cli. Elle fait le menteur, ainsi que le larron :
Mais si j'en ai donné, c'est pour votre service.
Do. Tu l'as bien fait courir avec cet artifice.   1540
Cli. Si je ne fusse chu, je l'eusse mené loin :
Mais surtout j'ai trouvé la lanterne au besoin ;
Et, sans ce prompt secours, votre feinte importune
M'eût bien embarassé de votre nuit sans lune.   .
Sachez une autre fois que ces difficultés   1545
Ne se proposent point qu'entre gens concertés.
Do. Pour le mieux éblouir, je faisais le sévère.
Cli. C'était un jeu tout propre à gâter le mystère.
Dites-moi cependant, êtes vous satisfait ?
Do. Autant comme on peut l'être. *Cli.* En effet ? *Do.* En
       effet.   1550
Cli. Et Philiste ? *Do.* Il se tient comblé d'heur et de gloire :
Mais on l'a pris pour moi dans une nuit si noire ;
On s'excuse du moins avec cette couleur.
Cli. Ces fenêtres toujours vous ont porté malheur.
Vous y prîtes jadis Clarice pour Lucrèce :   1555
Aujourd'hui même erreur trompe cette maîtresse ;
Et vous n'avez point eu de pareils rendez-vous
Sans faire une jalouse, ou devenir jaloux.
Do. Je n'ai pas lieu de l'être, et n'en sors pas fort triste.
Cli. Vous pourrez maintenant savoir tout de Philiste. 1560
Do. Cliton, tout au contraire, il me faut l'éviter :
Tout est perdu pour moi s'il me va tout conter.
De quel front oserais-je, après sa confidence,

Souffrir que mon amour se mit en évidence ?
Après les soins qu'il prend de rompre ma prison,   1565
Aimer en même lieu semble une trahison.
Voyant cette chaleur qui pour moi l'intéresse,
Je rougis en secret de servir sa maîtresse,
Et crois devoir du moins ignorer son amour
Jusqu'à ce que le mien ait peu paraître au jour.   1570
Déclaré le premier, je l'oblige à se taire ;
Ou, si de cette flamme il ne se peut défaire,
Il ne peut refuser de s'en remettre au choix
De celle dont tous deux nous adorons les lois.
Cli. Quand il vous préviendra, vous pouvez le défendre 1575
Aussi bien contre lui comme contre Cléandre.
Do. Contre Cléandre et lui je n'ai pas même droit ;
Je dois autant à l'un comme l'autre me doit ;
Et tout homme d'honneur n'est qu'en inquiétude,
Pouvant être suspect de quelque ingratitude.   1580
Allons nous reposer ; la nuit et le sommeil
Nous pourront inspirer quelque meilleur conseil.

ACTE V.

SCÈNE I.

LYSE, CLITON.

Cli. Nous voici bien logés, Lyse ; et, sans raillerie
Je ne souhaitais pas meilleure hôtellerie.
Enfin nous voyons clair à ce que nous faisons,   1585
Et je puis à loisir te conter mes raisons.
Ly. Tes raisons ? c'est-à-dire autant d'extravagances.
Cli. Tu me connais déjà ! *Ly.* Bien mieux que tu ne
    penses.

Cli. J'en débite beaucoup.   *Ly.* Tu sais les prodiguer.

Cli. Mais sais-tu que l'amour me fait extravaguer?   1590

Ly. En tiens-tu donc pour moi?   *Cli.* J'en tiens, je le confesse.

Ly. Autant comme ton maître en tient pour ma maîtresse?

Cli. Non pas encor si fort, mais dès ce même instant

Il ne tiendra qu'à toi que je n'en tienne autant :

Tu n'as qu'à l'imiter pour être autant aimée.   1595

Ly. Si son âme est en feu, la mienne est enflammée ;

Et je crois jusqu'ici ne l'imiter pas mal.

Cli. Tu manques, à vrai dire, encore au principal.

Ly. Ton secret est obscur.   *Cli.* Tu ne veux pas l'entendre:

Vois quelle est sa méthode, et tâche de la prendre.   1600

 Ses attraits tout-puissants ont des avant-coureurs

Encor plus souverains à lui gagner les cœurs :

Mon maître se rendit à ton premier message.

Ce n'est pas qu'en effet je n'aime ton visage ;

Mais l'amour aujourd'hui dans les cœurs les plus vains   1605

Entre moins par les yeux qu'il ne fait par les mains ;

Et quand l'objet aimé voit les siennes garnies,

Il voit en l'autre objet des grâces infinies :

Pourrais-tu te résoudre à m'attaquer ainsi ?

Ly. J'en voudrais être quitte à moins d'un grand merci.   1610

Cli. Écoute ; je n'ai pas une âme intéressée,

Et je te veux ouvrir le fond de ma pensée.

 Aimons-nous but à but, sans soupçons, sans rigueur ;

Donnons âme pour âme, et rendons cœur pour cœur.

Ly. J'en veux bien à ce prix.   *Cli.* Donc, sans plus de
  langage,   1615

Tu veux bien m'en donner quelques baisers pour gage?

Ly. Pour l'âme et pour le cœur, tant que tu le voudras ;

Mais pour le bout du doigt, ne le demande pas :

Un amour délicat hait ces faveurs grossières,

Et je t'ai bien donné des preuves plus entières. 1620
Pourquoi me demander des gages superflus ?
Ayant l'âme et le cœur, que te faut-il de plus ?
Cli. J'ai le goût fort grossier en matière de flamme ;
Je sais que c'est beaucoup qu'avoir le cœur et l'âme ;
Mais je ne sais pas moins qu'on a fort peu de fruit 1625
Et de l'âme et du cœur, si le reste ne suit.
Ly. Eh quoi ! pauvre ignorant, ne sais-tu pas encore
Qu'il faut suivre l'humeur de celle qu'on adore,
Se rendre complaisant, vouloir ce qu'elle veut ?
Cli. Si tu n'en veux changer, c'est ce qui ne se peut. 1630
De quoi me guériraient ces gages invisibles ?
Comme j'ai l'esprit lourd, je les veux plus sensibles ;
Autrement, marché nul. *Ly.* Ne désespère point ;
Chaque chose a son ordre, et tout vient à son point ;
Peut-être avec le temps nous pourrons nous connaître ; 1635
Apprends-moi cependant qu'est devenu ton maître.
Cli. Il est avec Philiste allé remercier
Ceux que pour son affaire il a voulu prier.
Ly. Je crois qu'il est ravi de voir que sa maîtresse
Est la sœur de Cléandre, et devient son hôtesse ? 1640
Cli. Il a raison de l'être, et de tout espérer.
Ly. Avec toute assurance il peut se déclarer ;
Autant comme la sœur le frère la souhaite ;
Et s'il l'aime en effet, je tiens la chose faite.
Cli. Ne doute point s'il l'aime après qu'il meurt d'amour. 1645
Ly. Il semble toutefois fort triste à son retour.

SCÈNE II.

DORANTE, CLITON, LYSE.

Do. Tout est perdu, Cliton ; il faut ployer bagage.
Cli. Je fais ici, monsieur, l'amour de bon courage ;
Au lieu de m'y troubler, allez en faire autant.

Do. N'en parlons plus. *Cli.* Entrez, vous dis-je, on vous
    attend. 1650
Do. Que m'importe? *Cli.* On vous aime. *Do.* Hélas!
Cli. On vous adore.
Do. Je le sais. *Cli.* D'où vient donc l'ennui qui vous
    dévore?
Do. Que je te trouve heureux! *Cli.* Le destin m'est si
    doux
Que vous avez sujet d'en être fort jaloux:
Alors qu'on vous caresse à grands coups de pistoles, 1655
J'obtiens tout doucement paroles pour paroles.
L'avantage est fort rare, et me rend fort heureux.
Do. Il faut partir, te dis-je. *Cli.* Oui, dans un an ou deux.
Do. Sans tarder un moment. *Ly.* L'amour trouve des
    charmes
À donner quelquefois de pareilles alarmes. 1660
Do. Lyse, c'est tout de bon. *Ly.* Vous n'en avez pas lieu.
Do. Ta maîtresse survient; il faut lui dire adieu.
Puisse en ses belles mains ma douleur immortelle
Laisser toute mon âme en prenant congé d'elle!

SCÈNE III.

DORANTE, MÉLISSE, LYSE, CLITON.

Mé. Au bruit de vos soupirs, tremblante et sans couleur 1665
Je viens savoir de vous mon crime, ou mon malheur;
Si j'en suis le sujet, si j'en suis le remède;
Si je puis le guérir, ou s'il faut que j'y cède;
Si je dois, ou vous plaindre, ou me justifier,
Et de quels ennemis il faut me défier. 1670
Do. De mon mauvais destin, qui seul me persécute.
Mé. À ses injustes lois que faut-il que j'impute?
Do. Le coup le plus mortel dont il m'eût pu frapper.
Mé. Est-ce un mal que mes yeux ne puissent dissiper?

Do. Votre amour le fait naître, et vos yeux le redoublent. 1675
Mé. Si je ne puis calmer les soucis qui vous troublent,
Mon amour avec vous saura les partager.
Do. Ah! vous les aigrissez, les voulant soulager!
Puis-je voir tant d'amour avec tant de mérite,
Et dire sans mourir qu'il faut que je vous quitte? 1680
Mé. Vous me quittez! ô ciel! Mais, Lyse, soutenez:
Je sens manquer la force à mes sens étonnés.
Do. Ne croissez point ma plaie, elle est assez ouverte;
Vous me montrez en vain la grandeur de ma perte.
Ce grand excès d'amour que font voir vos douleurs 1685
Triomphe de mon cœur sans vaincre mes malheurs.
On ne m'arrête pas pour redoubler mes chaines,
On redouble ma flamme, on redouble mes peines;
Mais tous ces nouveaux feux qui viennent m'embraser
Me donnent seulement plus de fers à briser. 1690
Mé. Donc à m'abandonner votre âme est résolue?
Do. Je cède à la rigueur d'une force absolue.
Mé. Votre manque d'amour vous y fait consentir.
Do. Traitez-moi de volage, et me laissez partir;
Vous me serez plus douce en m'étant plus cruelle. 1695
Je ne pars toutefois que pour être fidèle;
À quelques lois par là qu'il me faille obéir,
Je m'en révolterais, si je pouvais trahir.
Sachez-en le sujet; et peut-être, madame,
Que vous-même avouerez, en lisant dans mon âme, 1700
Qu'il faut plaindre Dorante au lieu de l'accuser;
Que plus il quitte en vous, plus il est à priser,
Et que tant de faveurs dessus lui répandues
Sur un indigne objet ne sont pas descendues.
    Je ne vous redis point combien il m'était doux 1705
De vous connaître enfin, et de loger chez vous,
Ni comme avec transport je vous ai rencontrée:

Par cette porte, hélas ! mes maux ont pris entrée,
Par ce dernier bonheur mon bonheur s'est détruit ;
Ce funeste départ en est l'unique fruit,   1710
Et ma bonne fortune, à moi-même contraire,
Me fait perdre la sœur par la faveur du frère.
　Le cœur enflé d'amour et de ravissement,
J'allais rendre à Philiste un mot de compliment ;
Mais lui tout aussitôt, sans le vouloir entendre :   1715
"Cher ami, m'a-t-il dit, vous logez chez Cléandre,
"Vous aurez vu sa sœur, je l'aime, et vous pouvez
"Me rendre beaucoup plus que vous ne me devez :
"En faveur de mes feux parlez à cette belle ;
"Et comme mon amour a peu d'accès chez elle,   .   1720
"Faites l'occasion quand je vous irai voir."
À ces mots j'ai frémi sous l'horreur du devoir,
Par ce que je lui dois, jugez de ma misère ;
Voyez ce que je puis, et ce que je dois faire.
Ce cœur qui le trahit, s'il vous aime aujourd'hui,   1725
Ne vous trahit pas moins s'il vous parle pour lui.
Ainsi, pour n'offenser son amour ni le vôtre,
Ainsi, pour n'être ingrat ni vers l'un ni vers l'autre,
J'ôte de votre vue un amant malheureux,
Qui ne peut plus vous voir sans vous trahir tous deux : 1730
Lui, puisque à son amour j'oppose ma présence ;
Vous, puisqu'en sa faveur je m'impose silence.
Mé. C'est à Philiste donc que vous m'abandonnez ?
Ou plutôt c'est Philiste à qui vous me donnez ?
Votre amitié trop ferme, ou votre amour trop lâche,   1735
M'ôtant ce qui me plaît, me rend ce qui me fâche ?
Que c'est à contre-temps faire l'amant discret,
Qu'en ces occasions conserver un secret !
Il fallait découvrir...Mais, simple ! je m'abuse !
Un amour si léger eût mal servi d'excuse ;   1740

Un bien acquis sans peine est un trésor en l'air ;
Ce qui coûte si peu ne vaut pas en parler :
La garde en importune, et la perte en console ;
Et pour le retenir, c'est trop qu'une parole.
Do. Quelle excuse, madame ! et quel remercîment !   1745
Et quel compte eût-il fait d'un amour d'un moment,
Allumé d'un coup d'œil ? car lui dire autre chose,
Lui conter de vos feux la véritable cause,
Que je vous sauve un frère, et qu'il me doit le jour,
Que la reconnaissance a produit votre amour,   1750
C'était mettre en sa main le destin de Cléandre,
C'était trahir ce frère en voulant vous défendre,
C'était me repentir de l'avoir conservé,
C'était l'assassiner après l'avoir sauvé ;
C'était désavouer ce généreux silence   1755
Qu'au péril de mon sang garda mon innocence,
Et perdre, en vous forçant à ne plus m'estimer,
Toutes les qualités qui vous firent m'aimer.
Mé. Hélas ! tout ce discours ne sert qu'à me confondre.
Je n'y puis consentir, et ne sais qu'y répondre.   1760
Mais je découvre enfin l'adresse de vos coups ;
Vous parlez pour Philiste, et vous faites pour vous ;
Vos dames de Paris vous rappellent vers elles ;
Nos provinces pour vous n'en ont point d'assez belles.
Si dans votre prison vous avez fait l'amant,   1765
Je ne vous y servais que d'un amusement.
À peine en sortez-vous que vous changez de style ;
Pour quitter la maîtresse il faut quitter la ville.
Je ne vous retiens plus, allez. *Do.* Puisse à vos yeux
M'écraser à l'instant la colère des cieux,   1770
Si j'adore autre objet que celui de Mélisse,
Si je conçois des vœux que pour votre service,
Et si pour d'autres yeux on m'entend soupirer,

Tant que je pourrai voir quelque lieu d'espérer !
Oui, madame, souffrez que cette amour persiste   1775
Tant que l'hymen engage ou Mélisse, ou Philiste ;
Jusque là les douceurs de votre souvenir
Avec un peu d'espoir sauront m'entretenir :
J'en jure par vous-même, et ne suis point capable
D'un serment ni plus saint ni plus inviolable.   1780
Mais j'offense Philiste avec un tel serment ;
Pour guérir vos soupçons je nuis à votre amant.
J'effacerai ce crime avec cette prière :
Si vous devez le cœur à qui vous sauve un frère,
Vous ne devez pas moins au généreux secours   .   1785
Dont tient le jour celui qui conserva ses jours.
Aimez en ma faveur un ami qui vous aime,
Et possédez Dorante en un autre lui-même.
    Adieu.   Contre vous yeux c'est assez combattu ;
Je sens à leurs regards chanceler ma vertu ;   1790
Et, dans le triste état où mon âme est réduite,
Pour sauver mon honneur, je n'ai plus que la fuite.

SCÈNE IV.

DORANTE, PHILISTE, MÉLISSE, LYSE, CLITON.

Phi. Ami, je vous rencontre assez heureusement.
Vous sortiez ? *Do.* Oui, je sors, ami, pour un moment.
Entrez, Mélisse est seule, et je pourrais vous nuire.   1795
Phi. Ne m'échappez donc point avant que m'introduire ;
Après, sur le discours vous prendrez votre temps ;
Et nous serons ainsi l'un et l'autre contents.
Vous me semblez troublé ! *Do.* J'ai bien raison de l'être.
Adieu. *Phi.* Vous soupirez, et voulez disparaître !   1800
De Mélisse ou de vous je saurai vos malheurs.
Madame, puis-je...O ciel ! elle-même est en pleurs !
Je ne vois des deux parts que des sujets d'alarmes.

D'où viennent ses soupirs ? et d'où naissent vos larmes ?

Quel accident vous fâche, et le fait retirer ?   1805

Qu'ai-je à craindre pour vous, ou qu'ai-je à déplorer ?

Mé. Philiste, il est tout vrai...Mais retenez Dorante,

Sa présence au secret est la plus importante.

Do. Vous me perdez, madame.   *Mé.* Il faut tout hasarder

Pour un bien qu'autrement je ne puis plus garder.   1810

Ly. Cléandre entre.   *Mé.* Le ciel à propos nous l'envoie.

SCÈNE V.

DORANTE, PHILISTE, CLÉANDRE, MÉLISSE, LYSE, CLITON.

Clé. Ma sœur, auriez-vous cru...? Vous montrez peu de
          joie !

En si bon entretien qui vous peut attrister ?

Mé. (à Cléandre). J'en contais le sujet, vous pouvez
          l'écouter.

          (à Philiste.)

Vous m'aimez : je l'ai su de votre propre bouche,   1815

Je l'ai su de Dorante, et votre amour me touche,

Si trop peu pour vous rendre un amour tout pareil,

Assez pour vous donner un fidèle conseil.

Ne vous obstinez plus à chérir une ingrate ;

J'aime ailleurs, c'est en vain qu'un faux espoir vous
          flatte.   1820

J'aime, et je suis aimée, et mon frère y consent ;

Mon choix est aussi beau que mon amour puissant.

Vous l'auriez fait pour moi, si vous étiez mon frère.

C'est Dorante, en un mot, qui seul a pu me plaire.

Ne me demandez point ni quelle occasion,   1825

Ni quel temps entre nous a fait cette union ;

S'il la faut appeler ou surprise, ou constance ;

Je ne vous en puis dire aucune circonstance :

Contentez-vous de voir que mon frère aujourd'hui

L'estime et l'aime assez pour le loger chez lui, 1830
Et d'apprendre de moi que mon cœur se propose
Le change et le tombeau pour une même chose.
Lorsque notre destin nous semblait le plus doux,
Vous l'avez obligé de me parler pour vous ;
Il l'a fait, et s'en va pour vous quitter la place : 1835
Jugez par ce discours quel malheur nous menace.
Voilà cet accident qui le fait retirer ;
Voilà ce qui le trouble, et qui me fait pleurer ;
Voilà ce que je crains ; et voilà les alarmes
D'où viennent ses soupirs, et d'où naissent mes larmes. 1840
Phi. Ce n'est pas là, Dorante, agir en cavalier.
Sur ma parole encor vous êtes prisonnier ;
Votre liberté n'est qu'une prison plus large ;
Et je réponds de vous s'il survient quelque charge.
Vous partez cependant, et sans m'en avertir ! 1845
Rentrez dans la prison dont vous vouliez sortir.
Do. Allons, je suis tout prêt d'y laisser une vie
Plus digne de pitié qu'elle n'était d'envie ;
Mais, après le bonheur que je vous ai cédé,
Je méritais peut-être un plus doux procédé. 1850
Phi. Un ami tel que vous n'en mérite point d'autre.
Je vous dis mon secret, vous me cachez le vôtre,
Et vous ne craignez point d'irriter mon courroux,
Lorsque vous me jugez moins généreux que vous !
Vous pouvez me céder un objet qui vous aime ; 1855
Et j'ai le cœur trop bas pour vous traiter de même,
Pour vous en céder un à qui l'amour me rend
Sinon trop malvoulu, du moins indifférent.
Si vous avez pu naître et noble et magnanime,
Vous ne me deviez pas tenir en moindre estime : 1860
Malgré notre amitié, je m'en dois ressentir.
Rentrez dans la prison dont vous vouliez sortir.

Clé. Vous prenez pour mépris son trop de déférence,
Dont il ne faut tirer qu'une pleine assurance
Qu'un ami si parfait, que vous osez blâmer,   1865
Vous aime plus que lui, sans vous moins estimer.
Si pour lui votre foi sert aux juges d'otage,
Permettez qu'auprès d'eux la mienne la dégage,
Et, sortant du péril d'en être inquiété,
Remettez-lui, monsieur, toute sa liberté ;   1870
Ou, si mon mauvais sort vous rend inexorable,
Au lieu de l'innocent arrêtez le coupable :
C'est moi qui me sus hier sauver sur son cheval,
Après avoir donné la mort à mon rival ;
Ce duel fut l'effet de l'amour de Climène,   1875
Et Dorante sans vous se fût tiré de peine,
Si devant le prévôt son cœur trop généreux
N'eût voulu méconnaître un homme malheureux.
Phi. Je ne demande plus quel secret a pu faire
Et l'amour de la sœur, et l'amitié du frère ;   1880
Ce qu'il a fait pour vous est digne de vos soins.
Vous lui devez beaucoup, vous ne rendez pas moins :
D'un plus haut sentiment la vertu n'est capable ;
Et puisque ce duel vous avait fait coupable,
Vous ne pouviez jamais envers un innocent   1885
Être plus obligé ni plus reconnaissant.
Je ne m'oppose point à votre gratitude ;
Et si je vous ai mis en quelque inquiétude,
Si d'un si prompt départ j'ai paru me piquer,
Vous ne m'entendiez pas, et je vais m'expliquer.   1890
    On nomme une prison le nœud de l'hyménée ;
L'amour même a des fers dont l'âme est enchaînée ;
Vous les rompiez pour moi, je n'y puis consentir.
Rentrez dans la prison dont vous vouliez sortir.
Do. Ami, c'est là le but qu'avait votre colère ?   1895
    S. M.   6

Phi. Ami, je fais bien moins que vous ne vouliez faire.

Clé. Comme à lui je vous dois et la vie et l'honneur.

Mé. Vous m'avez fait trembler pour croître mon bonheur.

Phi. (*à Mélisse*). J'ai voulu voir vos pleurs pour mieux voir
    votre flamme,

Et la crainte a trahi les secrets de votre âme.   1900

Mais quittons désormais des compliments si vains.

(*À Cléandre*). Votre secret, monsieur, est sûr entre mes
    mains ;

Recevez-moi pour tiers d'une amitié si belle,

Et croyez qu'à l'envi je vous serai fidèle.

Cli. (*seul*). Ceux qui sont las debout se peuvent aller
    seoir ;   ·   1905

Je vous donne en passant cet avis, et bonsoir.

EXAMEN DE LA SUITE DU MENTEUR.

L'effet de cette pièce n'a pas été si avantageux que celui de la précédente, bien qu'elle soit mieux écrite. L'original Espagnol est de Lope de Vègue sans contredit, et a ce défaut que ce n'est que le valet qui fait rire, au lieu qu'en l'autre les principaux agréments sont dans la bouche du maître. L'on a pu voir par les divers succès quelle différence 5 il y a entre les railleries spirituelles d'un honnête homme de bonne humeur, et les bouffonneries froides d'un plaisant à gages. L'obscurité que fait en celle-ci le rapport à l'autre a pu contribuer quelque chose à sa disgrâce, y ayant beaucoup de choses qu'on ne peut entendre, si l'on n'a l'idée présente du *Menteur*. Elle a encore quelques défauts par- 10 ticuliers. Au second acte, Cléandre raconte à sa sœur la générosité de Dorante qu'on a vue au premier, contre la maxime, qu'il ne faut jamais faire raconter ce que le spectateur a déjà vu. Le cinquième est trop sérieux pour une pièce si enjouée, et n'a rien de plaisant que la première scène entre un valet et une servante. Cela plaît si fort en Espagne, 15 qu'ils font souvent parler bas les amants de condition, pour donner lieu à ces sortes de gens de s'entredire des badinages ; mais en France, ce n'est pas le goût de l'auditoire. Leur entretien est plus supportable au premier acte, cependant que Dorante écrit : car il ne faut jamais laisser le théâtre sans qu'on y agisse, et l'on n'y agit qu'en parlant. Ainsi 20 Dorante qui écrit ne le remplit pas assez ; et toutes les fois que cela arrive, il faut fournir l'action par d'autres gens qui parlent. Le second débute par une adresse digne d'être remarquée, et dont on peut former cette règle, que, quand on a quelque occasion de louer une lettre, un billet, ou quelque autre pièce éloquente ou spirituelle, il ne faut jamais 25 la faire voir, parce qu'alors c'est une propre louange que le poëte se donne à soi-même ; et souvent le mérite de la chose répond si mal aux éloges qu'on en fait, que j'ai vu des stances présentées à une maîtresse, qu'elle vantait d'une haute excellence, bien qu'elles fussent très-médiocres ; et cela devenait ridicule. Mélisse loue ici la lettre que 30 Dorante lui a écrite ; et comme elle ne la lit point, l'auteur a lieu de croire qu'elle est aussi bien faite qu'elle le dit. Bien que d'abord cette pièce n'eût pas grande approbation, quatre ou cinq ans après la troupe du Marais la remit sur le théâtre avec un succès plus heureux ; mais aucune des troupes qui courent les provinces ne s'en est chargée. Le 35 contraire est arrivé de *Théodore*, que les troupes de Paris n'y ont point rétablie depuis sa disgrâce, mais que celles des provinces y ont fait assez passablement réussir.

NOTES.

PREFACE.

P. 3, l. 13. Bernard le Bovier de Fontenelle (1657—1757) was the nephew of Corneille. He has obtained much reputation by his work entitled *éloges des Académiciens*, which is considered as a masterpiece of style and criticism.

VIE DE CORNEILLE.

P. 5, l. 3. 1606. June 6.

l. 4. *la vicomté*. *Comté* and *vicomté* were formerly always feminine. We still say *la Franche-Comté*, when mentioning the province of France of which the capital is Besançon.

l. 5. *aux Jésuites* = *chez les Jésuites*.

l. 16. *au nouvel auteur* = *dans le nouvel auteur*.

l. 17. *troupe de comédiens*, the company which settled down in the *Marais du Temple*.

l. 25. *tel ouvrage*, many a work.

P. 6, l. 23. *Alexander Hardy* (1560?—1632), a very voluminous author ; his *répertoire* of tragedies, comedies, and tragi-comedies includes upwards of 600 works.

l. 24. *le théâtre*, here, stage-effect.

l. 25. *les mouvements*, the action.

l. 28. *honnêtes gens*, gentlefolk.

P. 7, l. 4. *Armand Jean Duplessis, cardinal de Richelieu* (1585—1642).

l. 5. *des poètes.* " Sint Mæcenates, non deerunt, Flacce, Marones."

l. 8. *leurs grâces*, their favours, their liberalities.

l. 11. *celle des vingt-quatre heures*, the well-known rule that the action of a dramatic work must not be supposed to extend beyond twenty-four hours.

l. 12. *dont on s'avisa*, of which authors bethought themselves.

l. 15. *que si.* *Que* here is redundant.

l. 35. L. Annœus Seneca (? —A.D. 65).

il ne laissa pas de... liter. *he did not leave from*, i.e. he nevertheless.
P. 8, l. 9. *à qui en voulait-on?* Against whom were these caricatures directed?

l. 14. There is an English imitation of *Le Cid* by Rutter (London, 1637—40, 2 vols. 12mo.), and a translation by Bell, 1714. A German version by G. Greflinger was published at Hamburg, 1679, 8vo.

l. 25. *Paul Pellisson-Fontanier* (1624—1693), a distinguished writer; composed a well-known *histoire de l'Académie Française*, which was continued by the Abbé d'Olivet.

l. 28. *il faut s'en prendre*, we must find fault with.

l. 29. *où c'eût été très-mal parler*... It would have been a want of manners on the part of courtiers to praise a work which Richelieu disliked so much.

P. 9, l. 1. *Georges de Scudéri* (1601—1667), a wretched author, whose conceit was equalled only by his literary worthlessness.

"Bienheureux Scudéri, dont la fertile plume
Peut tous les mois sans peine enfanter un volume." (Boileau.)
Scudéri's *Observations* were published in 1637.

l. 2. The *Académie Française* was founded in 1634.

l. 5. *l'autre partie.* The word *partie* in law language means one of the suitors, either plaintiff or defendant.

l. 14. ...*donna ses sentiments sur le Cid.* In 1637.

l. 20. *reprenant*, noticing.

l. 34. *l'hôtel de Rambouillet.* Catherine de Vivonne, marchioness de Rambouillet, used to receive at her house (1600—1665) all the aristocracy of French rank and genius. A literary coterie was thus formed which assumed the rather ambitious position of deciding *en dernier ressort* on all topics connected with taste. Madame de Rambouillet's friends were known by the epithet of *Précieux* and *Précieuses*, and brought down upon themselves the witty attacks of Molière.

P. 10, l. 1. *Vincent Voiture* (1598—1648), chiefly known by his letters. "Though much too laboured and affected," says Mr Hallam, "they are evidently the original type of the French epistolary school."

l. 20. *don Bertrand....* Play of Thomas Corneille, performed in 1650.

Le Geôlier... Another play of Thomas Corneille, performed in 1657.

l. 26. *Jean Baptiste Poquelin de Molière* (1622—1673).

P. 11, l. 20. The queen Anne of Austria and Cardinal Mazarin had detected in the character of Don Sanche a supposed similarity to that of

Oliver Cromwell, and were displeased at the grandeur with which Corneille had invested the *Cavalier inconnu,* who turns out at last to be the king of Aragon. We should add that this anecdote is considered as apocryphal both by Voltaire (*Commentaire sur Corneille*) and M. Guizot (*Corneille et son temps*).

P. 12, l. 33. *à quoi = auquel.*

l. 36. *Nicolas Fouquet* (1615—1680), a statesman of great ability, but thoroughly unprincipled in every respect. Was condemned, after a long trial, to imprisonment for life.

P. 13, l. 8. *mariage du roi,* with the princess Maria Theresa of Spain (1638—1683) in 1659.

l. 9. *pièce à machines,* i.e. operas, plays in which machinery is required.

l. 12. *à la* (*mode*) *moderne.*

l. 23. *joui de cet aveu,* enjoyed the privilege of having that acknowledgment. Jean Mairet (1604—1686). His best tragedies are *Sophonisbe* (1629), and *Cléopâtre* (1630).

P. 14, l. 3. *un jeune auteur,* Racine is here alluded to.

l. 6. *quelques femmes,* Madame de Sévigné is the most celebrated amongst them. She said in one of her letters: "Vive donc notre vieil ami Corneille! Pardonnons-lui de méchants vers en faveur des divines et sublimes beautés qui nous transportent. Ce sont des traits de maître qui sont inimitables" (Letter dated March 16, 1672).

l. 13. *ce qu'il* (i.e. *Corneille*) *a fait.*

l. 22. *Une princesse,* Henrietta of England, duchess of Orléans.

l. 27. *au plus jeune.* Racine.

P. 15, l. 15. *pièces de galanterie,* amatory poems.

l. 20. *Charles de la Rue* (1643—1725). His Latin poems are very elegantly written.

l. 21. *Jean Baptiste Santeuil* (1630—1697), well known as a good hymnologist.

l. 23. *la campagne de Flandre en* 1667; one of the most brilliant campaigns of Louis XIV.; led to the peace of Aix-la-Chapelle in 1668.

l. 29. P. Papirius Statius (A.D. 61—96); M. Annæus Lucanus (A.D. 39—65).

l. 34. *plein,* stout.

P. 16, l. 12. *rude,* rough.

l. 13. *très-aisé à vivre,* of a very pleasant intercourse.

l. 15. *nul manège,* no manœuvring.

LA SUITE DU MENTEUR.

ACTE I.

Scène I.

Voltaire's general remarks on this scene are worth quoting :—

" Dès les premiers vers un grand intérêt commence. Dorante est en prison, après avoir disparu le jour de ses noces: il est vrai qu'il n'a eu aucune raison de s'enfuir quand il allait se marier, que c'est un caprice impardonnable, que ce caprice même le rend un peu méprisable; sa maîtresse a épousé son père, ce père est mort : tout cela excite beaucoup de curiosité. C'est une chose à laquelle il ne faut jamais manquer dans les expositions: toute première scène qui ne donne pas envie de voir les autres ne vaut rien."

1. *je te revoi.* *Revoi* instead of *revois*, on account of the rhyme with *roi ;* the first and second persons of verbs *never* rhyme with words the final letter of which is not an *s* or an *x*. The sound, of course, is exactly the same, but the rule is founded in this case upon custom. Note, however, that according to the laws of etymology, *revoi*, being derived from the Latin *video*, is the correct spelling. Cf. Brachet's *Hist. French Grammar*, p. 121.

2. *la maison du roi*, the prison.

4. *des prisons de Lyon...* *des* is here an ablatival expression.

7. *bien que*, for *quoique* or *encore que*. These three conjunctive expressions take the subjunctive.

13. *l'argent était touché*, the money (marriage-portion) was received ;—*les amants*, the bans.

17. *parmi ces apprêts*, in the midst of these preparations. *Mi* is a substantive, the apocope of *milieu*. Thus "Et le bacon faisoit *par mi* tranchier"=and he ordered the pork to be cut through the middle. (*Ogier le Danois.*)

18. *vous sûtes faire gille.* "Quand quelqu'un s'est dérobé et s'en est fui secrètement, on dit qu'il *a fait gille*, parce que Saint Gilles, prince du Languedoc, s'enfuit secrètement de peur d'être fait roi." (Bellingen, *Étymologie des proverbes Français*).—*fendîtes le vent*, you ran away. Comp. the English *to cut*.

25. *...et mis dans mon caprice,* took into my fancy. "*Je mis dans mon caprice* ne peut signifier *je mis dans ma tête, dans ma fantaisie, dans mon imagination, dans mon esprit:* on n'a pas le caprice comme on a une faculté de l'âme ; on peut bien avoir un caprice dans son idée, mais on n'a point une idée dans son caprice." (Voltaire.)

26. *qu'on ne devinait rien,* etc., i.e. that your cunning alone prevented people from guessing the true motive of your disappearance. *que par = excepté par.*

29. *sans chercher de finesse,* without trying to discover in your conduct any premeditated trick.—*doucet,* dimin. of *doux,* quiet.

30. *attendant le boiteux,* liter. waiting for time, i.e. in the meantime. "Ancienne façon de parler qui signifie *le temps,* parce que les anciens figuraient le temps sous l'emblême d'un vieillard boiteux qui avait des ailes, pour faire voir que le mal arrive trop vite, et le bien trop lentement." (Voltaire.)

34. *au sortir de Poitiers...* on leaving Poitiers. Note the constant use of the infinitive present as a substantive. Villehardouin has : "*al départir* de lor pais."—*entrer au mariage* for *entrer dans le mariage.*—*Poitiers* (L. *Limonum, Pictavi*) formerly the metropolis of Poitou, now the chief town of the department of Vienne, was long celebrated for its law school. In *le Menteur,* Dorante is represented as studying law at Poitiers.

35. *que j'eus considéré...* que is here introduced to prevent the repetition of *quand ;* this idiomatic use of *que* is very frequent instead of *comme, quand,* and *si,* where clauses beginning with those words are followed by others of the same nature.

37. *m'en fit de la maîtresse = me fit* (*m'inspira*) *de l'horreur ; me* is here equivalent to *à moi.*

39. *quelques appas qui...* whatever charms... *qui,* strictly speaking, is redundant, and in old French we should have had : *quels* appas *qui.* Thus :

"en *quel* liu *que* on le meist " (*Roman du Saint Graal*).

40. *mal en user,* to behave badly ; *en user* is here the synonym of *agir. Que* corresponds to the L. *quod,* and is really the nominative of the sentence.

42. *me fait précipiter ;* note the ellipsis of the personal pronoun after *faire.* Strictly speaking, the sentence should be *me fait me précipiter ;* but the pers. pron. is always suppressed after the verbs *faire, laisser, mener, regarder, sentir, voir, entendre, écouter,* when they are themselves followed by another verb which completes the sense. See

numerous examples in M. Godefroy's *Lexique comparé de la langue de Corneille,* vol. II. p. 186 and foll.

44. *m'achève de pousser,* on account of the metre; *me* is really governed by *pousser,* not by *achève.*

45. *Que l'argent est commode à... que* is here for *combien* and *à* for *pour.* Thus again:

"*à* lui rendre service elle m'ouvre la voie." (*Sertorius,* II. 5.)

46. *courir l'Italie,* travel through Italy; *courir,* generally neuter, is here used actively instead of *parcourir.* Pascal says in like manner: "*on court* sans cesse les imprimeries." (*Lettres Provinciales.*)

47. *je pars de nuit en poste, et d'un soin diligent.* The first *de* is instead of *pendant,* and the second instead of *avec.* "Résistez virilement et *de* courage contre les desseings des Ligueurs." (Henri IV, *Lettres.*)

49. *lors* for *alors,* then, at that hour. O. F. *l'ore* or *l'ores,* L. *illa hora.*

57. *s'accommode,* reflexive for *est accommodé,* is settled.—*pour plâtrer l'affaire,* to make the best of a bad job. "Cacher quelque chose de mauvais sous des apparences peu solides." (Littré.)

60. *d'un visage content = avec un...* see above, note to l. 45.—*prend le change; change* is here used instead of *changement.* Thus again:

"Nous leur ferons bien voir que leur *change* indiscret
Ne vaut pas un soupir, ne vaut pas un regret." (*Mélite,* III. 5.)

à regret, à in the sense of *avec,* as is often the case. Thus:

"Là troverent-il le comte Looys *à* moult plentée de bone gent."
(Villehardouin.)

62. *il n'est à son avis,* etc. = *il n'est (d'autre parti à prendre) à son avis,* etc. In *d'être mariée, de* is redundant.

65. *à sa seconde,* his second wife.

66. ...*à l'autre monde; à = pour.* In like manner :—

"Que cette place est bonne *à* le bien poignarder!"
(Victor Hugo, *Cromwell,* V. 3.)

71. *chacun y fait pour soi.* Every one looks after his own interests. *Faire* here stands for *agir.* In one of his tragedies Corneille has a sentence exactly corresponding to the above :—

"Soyons à notre tour de leur grandeur jaloux,
Et comme ils *font* pour eux, *faisons* aussi pour nous."
(*Nicomède,* IV. 6.)

72. *comme fait un traitant... traitant,* farmer of the taxes. "Celui

qui se chargeait du recouvrement des deniers publics à des conditions fixées par un *traité.*" (Littré.)

73. *où qu'ils...=partout où ils.* This is an archaism, and was condemned even by Ménage two hundred years ago ; we find it, however, in the works of Jean Jacques Rousseau and Buffon.—Note that *jettent* is in the subjunctive present, governed by *que, quocunque.* "Natio ita flexibilis, ut sequatur, quocunque torqueas." (Cic. *Orator,* 16.)— *ils font rafles entières,* they sweep away everything.—*rafler,* from the G. *raffen,* to carry away ; L. *rapere.*—*rafle* is generally used in the singular.

88. *suis-je fait en...?* do I look like a...?

90. *connaît-on à l'habit... à=par.*

91. *n'est-il point...de filous* .. Although the nominative of the sentence is really *filous,* yet the verb *est* is in the singular on account of the pronoun *il.*

96. *sans trompette,* quietly. We also say *sans tambour ni trompette, sans tambour et sans trompette.*

" Il faut aller au secours de la place *sans tambour et sans trompette.*"

(Voltaire.)

97. *de nuit=pendant la nuit ;* see above, note to l. 47.—*prends ma route en France,* I journey towards France.

98. *pays d'assurance=pays où je sois en sûreté,* country where I may consider myself as safe.

100. *j'abandonne la poste,* I leave off riding post.

101. *Lyon* (L. *Lugdunum*), the second city in France, capital of the department of the Rhône.

102. *d'Allemagne,* allusion to a passage in the play *le Menteur* (1. 3), where Dorante, the better to excite the admiration of a lady with whom he is in love, pretends that he has served as an officer in the Thirty Years' War.

106. *à deux cavaliers je vois, à* here is redundant.

109. *l'un et l'autre...se hâte.* In the works of the best authors we find *l'un et l'autre* used indifferently with a verb in the singular or the plural.

113. *je me jette au blessé,* for *sur le blessé.*

117. *mettant à couvert...* shielding.

118. *faire le charitable,* play the part of a charitable person.

120. *sergents,* bailiffs, inferior law-officers (from the L. *servire*).

121. *...de l'espoir d'une bonne lippée=par l'espoir... une bonne lippée,* a good haul, liter. a good feast ; *etym. lippe=*the lower lip, when it protrudes too much.

123. *suivant du métier*, etc., acting up to the solemn oath which they took when they entered upon their profession.

125. *s'en étant saisis*, having taken possession of it. *Saisir*, to grasp ; *se saisir de*, to take possession of.

127. ...*non sans couleur, encor qu'injustement*, not without an appearance of reason, although unjustly. *encor que*=*quoique*. Note that *encor* is put here, on account of the metre, instead of the trisyllable *encore*.

134. *le pistolet*, etc. Allusion to a passage in *le Menteur* (II. 5).

135. *ces traits d'écolier*, those school-boy tricks.

137. *en honnête homme*=*comme un honnête homme*.

138. *Vous êtes amendé du voyage de Rome*...=...*en conséquence du voyage*... you have mended your ways in consequence of your journey to Rome.

140. *fait mentir le proverbe*... The proverb says *a beau mentir qui vient de loin*=*celui qui vient de loin a une belle occasion de mentir*, i.e. a person who has travelled far can tell as many lies as he pleases, because no one can verify the truth of his assertions.

143. *si justement portés*, dealt so opportunely.

146. *Que je ne compte pas à petite infortune*, which I reckon as no small misfortune. This is a Latinism ; comp. the phrase : *hoc erit mihi dolori*.

149. *est-il de l'innocence ?*=*y a-t-il*....

152. *soit d'argent*, etc. elliptical for *qu'il*... or *que ce soit*.

158. *volontaires*, here means kind, impulsive ; it generally signifies obstinate.

Voltaire remarks of this scene : "La dernière partie de cette première scène me paraît d'un très-grand mérite."

Scène II.

160. *Il ne fait que sortir*, he has only just got out of.

161. *je t'en veux avertir*=*je te veux avertir de cela*.

162. *Il cajole des mieux ;* he is a consummate wheedler. *des mieux* is idiomatic for *le mieux possible*, and occurs frequently in the works of the best authors : thus

"Je revins plein d'ardeur, et je parlai *des mieux*."
(Destouches, *Le philosophe marié*, III. 3.)

The etymology of *cajoler* is doubtful ; see Littré.

il n'a pas le double, he has not got a farthing. We should say now *il n'a pas le sou.* The *double* was a small copper coin worth ¼ of a *sou,* bearing on one side the effigy of the king, and on the other three fleurs-de-lys.

163. *j'en apporte=j'apporte des doubles* (i.e. de l'argent).

166. *Tu nous vas à tous deux,* etc.=*tu vas donner dedans la vue à nous, tous deux,* you will dazzle us both; liter. you will fall upon our sight. —*donner* used as a neuter verb, is often the synon. of *frapper, heurter.*— *dedans,* adverb instead of *dans,* prepos. Although Voltaire, with his usual trenchant manner, decides that *dedans* is a solecism when used as a preposition, yet we could quote a number of passages from the best authors justifying this idiom, as also the corresponding ones of *dessous = sous, dessus=sur, devers=vers.* Thus:

"Je sais qu'il est rangé *dessous* les lois d'une autre."
(Molière, *Le Dépit amoureux,* II. 3.)

"*Dessus* quel fondement venez-vous donc, mon père...?"
(Id. *École des maris,* III. 9.)

"Enfin la Rancune l'ayant tourné dans sa chaise *devers* le feu..."
(Scarron, *Roman comique.*)

Note the idiomatic use of *à* as expressing possession; it is an archaism which still obtains amongst country people, who say, for instance, *la vache à Pierre* instead of *la vache de Pierre,* Peter's cow.

171. *sans faire de façons,* without making any fuss.

177. *de si bonne mine,* so good-looking.

180. *obligez-moi de vous servir;* we should say now: *obligez-moi en vous servant.*

184. *louis ou pistoles de poids,* of good weight. A *louis* was worth twenty-four livres, and a *pistole,* ten livres.

190. *Curiosité bas,* setting aside all curiosity; this form corresponds to the Latin ablative absolute.—*toujours* means here *at any rate,* and is the synon. of *néanmoins* or *en attendant.*

191. *...que vouloir tout savoir. que* is here a neuter pronoun and a Latinism; it stands for *quid.* "*Cette chose, savoir,* vouloir tout savoir, c'est perdre tout."

194. *Tout beau,* gently.—*Lâcher prise,* let go our grasp.

200. *il en veut mieux user,* he wishes to behave more sensibly. See L 40.

201. *Oyons,* archaism for *écoutons.* Corneille also makes use of the second pers. plural:

> "*Oyez* ce que les dieux vous font savoir par moi."
>
> (*Cinna,* v. 3.)

205. (*il*) *ne m'importe,* it is of no consequence to me.

214. *Toi? Oui, moi. Que t'en semble?* Notice the hiatus *Toi? Oui.—que t'en semble?* What do you think of me?=*que semble-t-il à toi de moi? Que* and *il* are neuter pronouns.

216. *tu n'es que bien en cage,* should properly be *tu n'es bien qu'en cage,* you are well only in a cage; but the metre necessitated the transposition of *que.*

217. *de taille à bien ferrer la mule,* liter. of a size convenient to shoe the mule, i.e. to pocket perquisites. "*Ferrer la mule,* locution qui vient de cette anecdote racontée dans la vie de Vespasien, et où il est dit qu'un serviteur de l'empereur s'arrangea pour qu'une mule, dans un voyage du prince, eût besoin d'être ferrée, et pendant qu'on la ferrait, un solliciteur, qui avait payé le serviteur, remit un placet à l'empereur." (Littré.)

220. *aux Petites-Maisons,* into a mad-house. The lunatic asylum in Paris was formerly called thus.

225. (que) *je meure, ton humeur me semble si jolie,* your temper seems to me so merry. Comp. the Eng. *jolly.* The adjective *joli* had formerly a variety of meanings; "ce mot," says Boursault, "se mettait à tout." See the numerous examples given by M. Godefroy in his *Lexique comparé,* vol. I. p. 397.

227. *Touche,* let us shake hands.

tu seras mon souci, for *l'objet de mon souci,* the object of my care. "Expression un peu maniérée," says M. Godefroy.

230. *je coucherai de feux*...I shall deal out fires, etc. Metaphor taken from a game of cards, where *coucher* means to lay down the stakes.

231. *je suis dans les abois,* I am reduced to the last extremity, liter. I am at bay. We say more usually *être aux abois.*

232. *de ce beau...=avec ce beau...*

233. *si tu m'entreprends,* if you try to win me over. "*Entreprendre quelqu'un,* chercher à entrer adroitement dans son esprit, pour l'amener à ce que l'on veut, tâcher de le gagner, de le séduire." (Godefroy.)

234. *déconfit* here corresponds exactly to the English *discomfited.*

253. *et* (*je*) *porte.*

Voltaire remarks on this scene:

"S'il ne s'agissait dans cette scène que d'une femme qui a vu passer un prisonnier; qui, sans le connaître, devient amoureuse de lui; qui lui déclare sa passion en lui envoyant de l'argent, ce ne serait qu'une aventure incroyable et indécente de nos anciens romans; et ce qui n'est ni décent ni vraisemblable ne peut jamais plaire; mais cette Mélisse ne fait que son devoir en faisant une démarche si extraordinaire; elle obéit à son frère, pour qui Dorante est en prison; elle s'égaye même en obéissant, car elle n'est point encore éprise de Dorante; elle veut à la fois le servir comme elle le doit, l'embarrasser un peu, et voir en même temps s'il est digne qu'on s'attache à lui; tout cela est à la fois noble, intéressant, et du haut comique."

Scène III.

256. *gaillard=vif, gai.*

257. *l'humeur,* the temper; *j'en estime...=j'estime son...j'en aime ...=j'aime son...* *En* is here a pers. pronoun corresponding to *d'elle*

259. *qu'il en faut estimer=qu'il faut estimer pour cela,* i.e. *pour le message.*

266. *dessous* for *sous;* see above, l. 165. *Cette couleur=ce prétexte.*

269. *d'un étrange caprice=avec un étrange caprice;* de corresponds here to the L. *de* with a meaning of origin.

283. *votre maigre embonpoint;* ironical; there is a contradiction between *embonpoint* which means stoutness and *maigre,* lean. Note, besides, that as *n* is changed into *m* before labials, we ought to have either *embompoint* in one word, or *en bon point* in three.

285. *comme à,* etc.; as I have a share in the event, so I have one in the description of it.

287. *un certain Jodelet.* Julien Bedeau, better known under the *sobriquet* of Jodelet (d. 1680) seems to have been gifted by nature with a nose of extraordinary dimensions. All his play-going contemporaries allude to it. Thus in *Jodelet, ou le maître valet,* a comedy by Scarron, Don Juan, hearing that Isabel has received Jodelet's likeness instead of his own, exclaims :—

> "Et qu'aura-t-elle dit de ta face cornue?
> Chien, qu'aura-t-elle dit de ton nez de blaireau?
> Infâme.

Jodelet. Elle aura dit que vous n'êtes pas beau,
Et que si nous étions artisans de nous-mêmes,
Qu'un chacun se ferait le nez efféminé,
Et que vous l'avez tel que Dieu vous l'a donné." (I. I.)

Jodelet was one of the best actors of his day.

292. *s'inscrire en faux,* bring an action for forgery.

299. *Le Menteur.* "Cette tirade," says Voltaire, "et toute cette scène durent plaire beaucoup en leur temps; elles rappelaient au public l'idée d'un ouvrage qui avait extrêmement réussi. Beaucoup de vers du Menteur avaient passé en proverbe; et même, près de cent ans après, un homme de la cour contant à table des anecdotes très-fausses, comme il n'arrive que trop souvent, un des convives, se tournant vers le laquais de cet homme, lui dit : '*Cliton, donnez à boire à votre maître.*'"

306. *farceur* here is taken in the sense of a performer in a farce; it generally means now a funny man, a merry Andrew.

308. *me courent dans la rue,* pursue me in the street. Thus again : "L'un d'eux *le courut* plus de mille pas à coups de bâton à la vue de toute l'armée" (Saint Simon).—*me montrent au doigt* = ...avec le doigt.

309. *chacun rit de voir* = *en voyant.*

310. *grossissant à l'envi (les uns des autres),* swelling in emulation of one another. The subst. *envi* (from the L. *invitare*) means a challenge.—*chienne de musique;* expression of contempt. *Their confounded music* (howl); thus again: "quel *chien* de commerce avez-vous donc là?" What confounded trade are you then carrying on there? (Madame de Sévigné).

314. *Je n'y trouve que rire,* elliptical for *je n'y trouve rien dont je doive rire ;* L. *nihil cur rideam.*

317. *Pas celle d'un recors, pas d'un cabaret même,* not that of a bailiff's man (etym. *recorder*), nor even that of a tavern-keeper; the etymology of *cabaret* is doubtful.

318. *avancer,* push on my suit.

Scène IV.

325. *proteste de (son) innocence.*

327. *me charger,* charge me (with a crime).

328. *en saura bien juger* = saura bien juger de cela.

329. *s'exécute* = *soit exécuté.*

331. *en serait-il l'auteur?* the conditional is here used instead of the indic. present, because an idea of doubt is implied.

334. *en homme = comme un homme.*

336. *de perdre...de* is redundant here.

339. *le poil plus blond,* lighter hair ; *poil* is here put for *les cheveux.*

341. *Et je le connais moins, tant plus je le contemple,* archaism for *plus je le contemple, moins je le connais.*

349. *le dû...*the duty. This idiomatic use of the past part. of *devoir* is very old : "comme le *deus* (L. *debitum*) de votre charge vous obligeoit." (Henri IV. *Lettres.*)

"Cette scène n'est-elle pas très-vraisemblable, très-attachante? Dorante n'y joue-t-il pas le rôle d'un homme généreux ? N'inspire-t-il pas pour lui un grand intérêt ? La situation n'est-elle pas des plus heureuses? ne tient-elle pas les esprits en suspens? Je doute qu'il y ait au théâtre une pièce mieux commencée." (Voltaire.)

Scène V.

351. *Je vous tiens pour brave homme,* I consider you as a brave man (*brave homme,* for *homme brave*). See below, l. 369.

355. *j'en prendrai souci = je prendrai souci de m'acquitter de mon devoir. Souci* here is used instead of *soin.*

Scène VI.

362. *L'homme à votre cheval,* elliptical for *l'homme qui avait pris votre cheval.*

363. *...où j'en suis = où je suis de votre histoire, de votre aventure.*

367. *...d'une voix = avec une voix ; ...les gens de cœur = les gens de courage.*

370. *que l'on s'amende à Rome.*

"Cliton fait fort mal de ne pas approuver un mensonge si noble, et Dorante perd ici une occasion de faire voir qu'il est des cas où il serait infâme de dire la vérité : quel cœur serait assez lâche pour ne point mentir quand il s'agit de sauver la vie et l'honneur d'un père, d'un parent, d'un ami?" (Voltaire.)

371. *je me tiens au proverbe,* I stick to the proverb.

372. *je veux être guenon,* may I be an ape. *Guenon* (etym.?) is generally considered as the female of the *singe,* but the word is also used to designate a particular species of monkeys, whether male or female.

376. *s'oublier = être oubliés.*

379. *vous en prendrez autant comme... = vous prendrez autant de dis-penses comme* (we should say now *que*) *vous verrez d'occasion.* The word *comme* was constantly used instead of *que* by the authors of the seventeenth century. Thus: "jamais il n'y eut ardeur pareille à la sienne, je ne dis pas tant à servir ses parties *comme* à les voler." (Furetière.)

382. *menterie,* the habit of lying; *mensonge,* a distinct falsehood.

385. *aucune risque. risque,* like many other words, has altered its gender; it was feminine during the sixteenth century: "Tenter *la risque*" (Brantôme); Corneille and his contemporaries used it indifferently in both genders.

386. *Aux plus forts d'après lui put donner quinze et bisque=put donner q. et b. à ceux qu'il regardait comme les plus forts. d'après,* according to... *quinze et bisque* is an expression belonging to the game of tennis. *Donner quinze et bisque à quelqu'un=*"to give points to so and so;" "to give 15," i.e. towards the amount required for winning. (See Littré, s. v. *bisque.*)

387. *épitaphe* is now feminine; it was masculine in the sixteenth century and common in the seventeenth.

"Ils feirent engraver dessus sa sépulture *un épitaphe* de telle substance." (Amyot.)

ACTE II.

Scène I.

394. *encor* for *encore* on account of the metre. The *e* mute counts as a syllable in French poetry unless it comes in the final syllable of a line, or is followed by a vowel or an unaspirated *h.*

galante, here elegant, perfect.

396. *il semble que déjà tu lui veuilles du bien,* it seems that you are already well disposed towards him. The verb *sembler,* expressing uncertainty, generally takes the subjunctive when it is not accompanied by one of the pronouns *me, te, lui, nous, vous, leur.*

397. *j'en trouve la rencontre... =je trouve la rencontre (que j'ai faite) de lui.*

398. *demoiselle,* means here a *lady* (either young or old.) Thus:

"Ah! qu'une femme *demoiselle* est une étrange affaire!"
(Molière, *George Dandin,* I. τ.)

"C'est précisément ce que dit Antoine à César dans la tragédie de 'Pompée:' *et si j'étais César, je la voudrais aimer.* Cette idée, ridicule dans le tragique, est ici à sa place." (Voltaire.)

S. M.   7

402. *bons*, good-natured.

403. *encor*, see above, l. 394. *je m'y passerais bien*, archaism for *je m'en contenterais bien ;* Corneille has said also in *le Menteur* (I. 5), "Il s'est fallu *passer* à cette bagatelle."

404. *si j'étais son fait*, if I suited him ; liter. if I was the thing made for him. "Le fait de quelqu'un," says M. Génin (*Lexique de la langue de Molière*), tout ce qui le concerne, sa conduite, sa fortune, etc."

"Bienheureux qui a tout *son fait* bien placé." (*L'Avare*, I. 1).

405. *Tu n'es pas dégoûtée*, your taste is not so very bad.

407. *À sa lettre*=sur (*or* d'après sa lettre), judging him from his letter.

416. *...un absolu pouvoir.* "Cela justifie entièrement le procédé de Mélisse ; cela rend son rôle intéressant ; tout annonce une pièce parfaite pour la conduite." (Voltaire.)

418. *Il s'est mis à couvert de la mort*...he has sheltered himself against the consequences of the death....

420. *dedans* for *dans*, see above, ll. 165, 266.

425. *Et par quelques motifs que je vienne d'écrire*, and whatever motives I may have had for writing. In old French we should have said, more grammatically, *et par quels motifs que*... See above, l. 39.

426. *de ne m'en pas dédire*, not to recall my expressions.

430. *une amour frivole. Amour* was formerly indifferently masculine and feminine. See above, l. 387.

441. *plaisamment*, comically.

443. *mignarde*, graceful (etym. German *minne*, love).

455. *parent*, a relation.

461. *importune*, annoying, troublesome.

462. *...la tenir à si haute fortune*...consider it as such a piece of luck. Latinism. See above, l. 146. Thus again :

"Les plus grands y *tiendront* votre amour *à* bonheur."
(*Polyeucte*, II. 1.)

470. *...c'est que l'amour trop avant ne l'engage*, it is lest love should lead him too far, or *bind him too irrevocably.*

473. *...(une) des plus fines*, one of the most artful.

474. (*par*) *Faute d'autre*, for want of another.—*j'en souffre*=*je souffre de cela*, I smart for it. *et je lui rends ses mines*, liter. and I return to him his affected looks ; i.e. as he pretends to be in love with me, so I pretend to be in love with him.

484. *superbe,* proud.

485. *un dégoût de cette retenue,* a disgust of that restraint.

Scène II.

491. *(il croit) Que je l'ai vu conduire=que j'ai vu (quelqu'un) conduire lui.*

499. *invaincu.* This word about which Voltaire remarks that it has never been employed except by Corneille, occurs in the writings of Amyot, Agrippa d'Aubigné, d'Urfé, Saint-Amant, and Scarron. See Godefroy.

505. *encor,* see above, ll. 394, 403.—*comme* for *comment.* Thus again :

"*Comme* a-t-elle reçu les offres de ma flamme?"
(*Pompée,* IV. 3.)

509. *partie,* engagement.

510. *que j'en dusse... =que je dusse espérer une sûre retraite hors d'elle.* *en* here corresponds to the L. *inde.*

512. *éventé,* noised abroad.

515. *de huit jours,* for a week.

522. *...d'en juger une entière innocence=de juger une entière innocence de ce duel.*

530. *...et l'admire,* idiom. for *admire-la.*

531. *...se voyant mon destin en la main; se* here is in the dative : *voyant mon destin en la main* à soi.

537. *m'assure de se taire=m'assure qu'il se taira.*

551. *Que si...que* is redundant.

552. *pour m'acquitter vers lui...*we should say now *envers;* but *vers* was constantly used by French writers to express a moral action. Upwards of forty instances could be taken from Corneille's works alone.

553. *prends souci,* take care, make a point ; see above, l. 355.

554. *à (celui) qui te sauve=à qui sauve pour toi.* This ellipsis is of frequent occurrence.

"Mais j'ai tort d'en parler *à qui* ne peut m'entendre." (*Polyeucte.*)

555. "Cette scène redouble encore l'intérêt ; l'amour de Mélisse, fondé sur la reconnaissance, dut être attendrissant ; les scènes suivantes soutiennent cet intérêt dans toute sa force." (Voltaire.)

Scène III.

556. *encor,* see above, ll. 394, 403, 505.

559. *Le parti de Philiste a de quoi s'appuyer,* the match with
Philiste has plenty to say for itself; liter. has whereupon to lean. *a de
quoi* is elliptical for *a (ce) de quoi (il peut) s'appuyer.*

562. *apprendre une courante, literally* learn to dance a coranto, i.e.
an old kind of dance of a very grave character; note however the play
on the words for *apprendre une courante* means really here *to go quickly,
se rendre en courant.*

. 563. *...te crotter,* to go into the mud.

564. *Quels de vos diamants,* for *lesquels.*   Rotrou says in the same
manner :

> "*Quel* des deux voulez-vous, ou mon cœur, ou ma cendre?
> *Quelle* des deux aurai-je? ou la mort, ou Cassandre?"
>
> (*Venceslas,* II. 2.)

572. *le redoublement* (de présents).

575. *passé le besoin* is a kind of ablative absolute.   *Quoi qu'on =
quelle que soit la chose qu'on.*

576. *qu'il ne saurait=qu'il ne peut.*   The conditional present of
savoir is frequently used instead of the indicative present of *pouvoir.*

578. *gentillesse,* the dexterous manner in which they (the presents)
are given. Comp. *le Menteur :*

> "Tel donne à pleines mains qui n'oblige personne.
> La façon de donner vaut mieux que ce qu'on donne." (I. I.)

581. *une pratique=une ruse, un détour,* a trick.

586. *par où=par laquelle.*   The best authors of the seventeenth
century constantly use the adverb *où* instead of the relative pronoun
lequel. Comp. the Latin : Neque nobis praeter te quisquam fuit *ubi,* for
apud quem. (Cicero).

589. *lors* for *alors,* see above, l. 49.

591. *vous en savez beaucoup,* you are very knowing.

593. *il vient de. vous donner de belles tablatures,* he has just given
you plenty of occupation.   The word *tablatures* meant formerly musical
parts written for various instruments, and as these parts were often ex-
tremely complicated "donner de la *tablature* à quelqu'un" was used
metaphorically in the sense of "donner de l'embarras."

595. *Comme pourra,* etc.: this phrase, which is rather obscure,
means: *according as Dorante behaves well or ill; suivant que Dorante
pourra en user...* On *en user,* see above, l. 40.

Scène IV.

599. *Mais puisque je vous vois, mon sort est assez doux.* Comp. Boileau : *mais puisque je vous vois, je me tiens trop content.*

609. *C'est le même...* See *le Menteur,* III. 5.

610. *Qui fit...* See *le Menteur,* II. 3.

614. *par le dieu des menteurs,* i. e. Mercury.

616. *Par l'hymen de Poitiers...* See *le Menteur,* I. 5.

618. *Qu'il me souvient,* that I remember. *Il* is here a neuter pronoun, and *me* is in the dative. L. *subvenit mihi.*

619. *aux meilleures maisons=dans les meilleures...*

622. *quoi que=quelle que soit la chose que,* see above, l. 575.

626. *Ces petites humeurs sont aussitôt passées; humeurs=*whims; *aussitôt=*bientôt.

628. *teintures,* means here *taints, bad habits.*

629. *à cela près, vous étiez en estime,* but for that, you enjoyed the reputation. *à...près* is a prepositive locution corresponding to *manquant;* so *à cela près=cela manquant.* See Littré, *diction.* s. v. *près.*

632. *le payer de bonté* means here *to equal him in goodness.*

633. *Dis-je rien...?* do I say anything? L. *Num rem dico?*

636. *ce festin en l'air...* that imaginary banquet...

639. *encor;* see above, ll. 394, 403, 505, 556.

640. *dont votre esprit adroit bricola vos amours,* with which your clever mind artfully furthered your love. *"Bricoler,"* says Furetière, "pousser une bille, une balle, un boulet obliquement pour le faire aller en un certain endroit par réflexion. On dit aussi au figuré, de ceux qui ne vont pas droit dans les affaires, qu'ils ne font que fuir et *bricoler,* c'està-dire amuser et tromper." *Dont=par lesquels.* Thus again :

"Ce favorable vœu *dont* elle t'a séduit." (*Rodogune.*)

646. *de naissance=par la naissance.* Thus again: "Il ne *le touchait,* ni *de parenté,* ni d'alliance." (Mézeray.)

647. *considéré,* esteemed.

Scène V.

659. *au visage inconnu=avec le visage...*

663. *je la tiens belle,* I maintain that she is beautiful, elliptical for *je la tiens pour belle.*

666. *avecque,* instead of *avec,* for the sake of the metre.

668. *Quoi que,* see above, ll. 575, 622.

672. *fort incommodé,* in very bad money circumstances. Richelet defines *incommodé* "pauvre, qui n'est pas à son aise." "Monastère incommodé, personne incommodée." (Pascal.) The opposite *accommodé* is more frequently used.

675. *Envoyer...au vent = envoyer promener,* colloq. for *se défaire de,* to get rid of.

677. *Quitte pour lui jeter,* elliptical for *vous serez quitte pour...* = you will be quits by. *Quitte* is derived from the L. *quietus;* comp. *pacare,* which means both to pay and to pacify.

678. *la défaite,* the way of getting out of it.

679. *Tout de bon,* really.

688. *purgeront,* will cast away.

692. *Dussiez-vous = quand même vous dussiez,* even if you should.

Scène VI.

705. *je me connais mal,* I understand badly. In the expression *se connaître,* the verb is really not an active, but a neuter one, meaning to be clever, and the pronoun *se* is added to it as it is in the case of many other neuter verbs.

709. (*confitures*) *sèches,* jams; *c. liquides,* jellies.

710. *les amours de tantôt me semblaient plus solides.* Your (tokens of) love as they appeared a little while ago seemed to me more substantial. Note that *tantôt* is used both for time past and time future.

713. *nous avons le cœur bon,* we have a stout heart.

714. *hommes à confitures = hommes faisant usage de confitures.*

716. *un peu bien rudement =* rather roughly. *un peu bien* is not quite so strong as *bien rudement,* and stronger than *un peu rudement.*

717. *que n'attends-tu...? = pourquoi n'attends-tu?*

719 and 728. *encor;* see above, ll. 394, 403, 505, 556, 639.—*te vaut-elle bien?* is she as good as you?

723. *aux yeux = dans les yeux.*

729. *couler,* insinuate, drop in; *= faire pénétrer, faire glisser, insinuer.* "Pour *couler* insensiblement une doctrine fausse et subtile." (Pascal, *Pensées.*)

730. *bout de ruban,* piece (comp. *bit*) of ribbon.—*galanterie =* prettiness, smartness.

732. *il s'en va nuit = il est bientôt nuit,* night is coming on.

733. *C'est une mignature.* We say now *miniature.* The seventeenth century made use of both forms.

735. *Elle est faite à plaisir,* it is a fancy picture; *à plaisir=imaginé, inventé.—d'après le naturel;* we should say now *d'après nature.*

738. *dont=avec lesquels.*

743. *À l'aimer=si vous l'aimiez.*

747. *je m'amuse trop,* I am wasting my time too much.

748. *je perds temps=je perds mon temps.—ce souci,* that care. See above, ll. 355, 553.

751. *vous m'en donnez,* you are deceiving me. *en donner* means literally to give out, to deal out something instead of something else. Thus we have the phrase: "On nous a *donné d'une convalescence* pleine de langueur." (Madame de Sévigné.)

752. *A-t-il la main fort bonne?* i.e. does he paint well?

757. *à quand rendre=à quelle époque, quand le rendrez-vous?*

765. *pour l'heure,* just now.—*tout me succède=tout me réussit.*

"Cette scène du portrait n'est-elle pas encore très-ingénieuse? Les menteries que fait Dorante dans cette pièce ne sont plus d'une étourderie ridicule, comme dans la première; elles sont, pour la plupart, dictées par l'honneur ou par la galanterie; elles rendent le menteur infiniment aimable." (Voltaire.)

Scène VII.

768. *plus futé,* more clever.

770. *tout du long,* all the time.

776. *de nuit,* pendant la nuit. *de* is here the L. preposition.

778. *À voir=en voyant.*

783. *de deux; de* redundant.

ACTE III.

Scène I.

798. *gardent=prennent garde.*

802. *qui s'avoue...=celui qui.—aucunement=en quelque chose,* in some way or other.

803. *vers* for *envers;* see above, l. 552.

812. *il suffit de se voir.* It is enough to see one another, i.e. *se voir suffit.*

821. *cet homme a de l'humeur,* this man is humorous. *humeur* here corresponds exactly to the English *humour.*

823. *il se croit tout permis. se* is here in the dative=*il croit que tout lui est permis.*

825. *quoi qu'on die,* whatever people may say to the contrary. The form *die* was used as frequently as *dise* by the old prose-writers. Malherbe never employs any other. Note also that instead of *mêler* used here we should now say *fourrer.*

828. *de l'humeur, étant de l'humeur.*

832. *que Jodelet,* except Jodelet.

834. *(celui) qui parle...* see above, p. 802.

835. *de se mettre en crédit* = *de donner bonne opinion de lui-même.*

838. *nous avons pris le change...* we have taken as praise what was meant for chaff; liter. we have taken the difference.

841. *Il* (L. *hoc*) *suffit pour ce coup,* for this time.—*je ne saurais* = *je ne peux.* See above, l. 576.

854. *encore un coup,* once more.

858. *...de m'en vouloir défendre* = *en voulant m'en défendre.*

860. *lors* for *alors,* see above, ll. 49, 590.—*à vous bien divertir. tâcher,* now, takes only the prep. *de,* except in the sense of to aim at.

865. *Il en est* = *il y en a. en* is here the genitive of the pers. pronoun; *il est (il y a) quelques-uns d'eux.*

867. *Et (si ce n'était).*

868. *fort net,* quite stripped. "Se dit plaisamment pour désigner un homme que les voleurs ont dépouillé." (Godefroy.)

874. *une amour...égale,* see above, ll. 387, 430.

875. *force présents,* plenty of presents. *force* is one of those substantives which, like *point, pas, trop* (archaic for *troupe*) and *rien,* have become adverbs.

877. *ce que ce pourrait être,* for *ce qu'elle pourrait être.*

878. *À moins que de la voir,* unless I see her.

883. *que je voi,* for *que je vois,* on account of the rhyme. See above, l. 1.

"Cette scène ne dément en rien le mérite des deux premiers actes : n'est-ce pas l'invention du monde la plus heureuse, de faire secourir Dorante par son rival Philiste, et de préparer ainsi le plus grand embarras ? J'écarte, comme je l'ai déjà dit, tous les petits défauts de langage, les plaisanteries qui ne sont plus de mode ; je ne m'arrête qu'à la marche de la pièce, qui me paraît toujours parfaite : la manière dont Mélisse envoie à Dorante son portrait, celle dont il le prend : ce portrait montré à un homme qui paraît surpris et fâché de le voir ; encore une fois, y a-t-il rien de mieux ménagé, de plus agréable dans aucune pièce de théâtre ?" (Voltaire.)

Scène II.

889. *Voilà (quelques-uns) de vos secrets...*

891. *serait-ce* = is it possible that it can be...

899. *un prétexte à,* for *pour,* according to the general custom of the seventeenth century.

"Il lui fallut bien vingt ans *à* s'étendre et *à* faire un corps de secte qui méritât d'être regardé." (Bossuet.) See Godefroy, s.v. *à,* vol. I. pp. 2—4, for numerous examples. See above, l. 66.

900. *Sans se donner* = *sans donner à soi.* See above, l. 531.

901. *Qu'il fera dangereux* = *combien il fera dangereux. Faire,* here, is impersonal, and has the meaning of *être.* "*Il faisait dangereux* de se trouver à l'ouverture de la porte." (Madame de la Guette, *Mémoires.*)

903. *se croit,* for *croit en elle-même.* L. *sibi credit.*

906. *pour autres cent louis,* inversion for *pour cent autres louis.* Thus again: "et ce qui leur rate d'Italiens font *autres* quinze cents chevaux." (Henri IV.)

907. *(qu'il) en soit...*

908. *S'il fait tant le mauvais,* if he sets up so much for an angry man, or, if he plays the rascal so much.

914. *J'en ai fait* = *j'ai fait de lui.*

918. *...qu'il me défère,* that he should yield to me "accorder quelque chose par déférence." (Godefroy.)

920. *je suis résolu de défendre son choix.* This sentence is obscure; it may either mean: *I have resolved to forbid him his choice,* or *I have resolved to defend (as mine) the choice he had made. Résoudre* takes also the prepos. *à*:

"Si l'honneur *vous résout à* quitter Mérovée."

(Lemercier, *Frédégonde et Brunehaut,* III. 5.)

Note also that *résoudre* can be used with the verb *avoir. J'ai résolu.* is as good as *je suis résolu.*

921. *Tandis,* archaic for *cependant.* Thus again:

"*Tandis* j'achèverai le voyage entrepris."

(Hardy, *Alceste.*)

926. *Comme,* here for *que.*

936. *que de t'en plaindre,* to complain of it is to imitate me. The sentence can be decomposed thus: "*que* (= *la chose*) savoir: *te plaindre de cela* (= *de mon manque de foi*), *c'est m'imiter. Que* here corresponds to the L. *quod.*

941. *justement,* exactly.

959. *Je ne vous puis souffrir. vous* here is in the dative. *je ne puis
souffrir que vous disiez.* Thus again:

> "*Souffre-moi* toutefois *de* tâcher à portraire
> D'un roi tout merveilleux l'incomparable frère."
> *(Les Victoires du roi en* 1667.)

969. *N'entreprenez (pas) sur moi...* don't poach on my grounds.

974. *Je lui regarde aux mains=je regarde à ses mains.*

Scène III.

976. *Ainsi détruit le temps...* inversion for *ainsi le temps détruit,* one
of the most notable characteristics of Corneille's style is the boldness
and frequency of his inversions.

982. *il s'en va nuit;* see above, l. 732.

983. *une défaite,* an excuse.

984. *quelle vie on m'a faite...* what a life they have led me.

987. *Elle s'en est aonc mise en colère?=elle s'est donc mise en colère à
cause de cela.*

994. *...avant que (l'on dit,* or *d'avoir) ce portrait;* again: "*et servez
ma colère avant que (de servir,* or *vous serviez) votre haine." (Attila.)*

998. *de son consentement=avec son consentement.*

999. *où mon espoir=sur lequel mon espoir.*

1006. *pour la faire enrager,* very colloquial for *to annoy her.*

1007. *il y connaît finesse,* he knows a trick or two.

1010. *...ce qu'elle m'en a dit,* what she said to me about it. See
above, ll. 865, 914.

1017. *...si rude,* so severe.

1018. *un peu de près,* somewhat closely.

1019. *quoi que=quelle que soit la chose. la chose a deux visages;*
there are two aspects to this matter.

1021. *...à ravoir=pour ravoir.*

1022. *...l'état qu'on en fait,* the value set upon it.

1027. *courage=cœur,* here. Thus again:

> "Je crois qu'Achille ne riait pas de moins bon *courage.*"
> (La Fontaine.)

1034. *autant comme=autant que.* See above, l. 926.

1036. *le bonhomme,* the peasant, according to the old meaning which
the word had on the lips of soldiers or noblemen. Thus *Jacques
Bonhomme* was the typical *sobriquet* given to the French peasants.

1037. *rabat les coups*, wards off the blows.

1038. *file doux*, slinks away. *doux* is here used adverbially as many French adjectives are.

1039. (*qu'il*) *n'en déplaise à tout votre grimoire*, no offence to all your nonsense.

1040. ...*comme larrons en foire*, you play into each other's hands like thieves in a fair.

1046. ...*en rougit=rougit de cela*, blushes for it.

1052. ...*je tâche à*, instead of *tâche de*, see l. 860.

1054. *Cette parfaite amour*, see above, ll. 387, 430, 874.

1058. *L'un et l'autre...était...* see above, l. 110.

1067. *d'une telle merveille=par une...*

1076. *à moins que d'être=que* redundant, see above, l. 878.

1081. ...*j'en use*, I behave, see above, l. 40.

1083. *Encor que*, although, see above, l. 127.

1093. *je loge en Bellecour=je loge à la place Bellecour*, one of the principal squares in Lyons.

environ au milieu, archaic for *vers le milieu*.

1096. *un linge*, a piece of linen. Note that *linge* is really an adjective, from the L. *linteus*, made of flax. We find in mediæval writers the expression: *drap linge*.

1098. *leurs coiffes*. Richelet (*Dictionnaire Français*, 1680) gives the following definition of the word *coiffe*: '*Coife*, morceau de taffetas rond, plissé par derrière, et ondé tout autour, dont les dames et les bourgeoises se couvrent la tête, qu'elles tournent autour de leur visage, et nouent un peu au-dessous du menton.' The *Dictionnaire de l'Académie*, ed. 1694, after having described the *coiffe* as 'une espèce de couverture de tête, qui est de toile ou de soie,' etc., gives as examples, 'abaisser, lever ses coiffes.'

"Cette scène où Mélisse voilée vient voir si on lui rendra son portrait, devait être d'autant plus agréable que les femmes alors étaient en usage de porter un masque de velours, ou d'abaisser leurs coiffes, quand elles sortaient à pied : cette mode venait d'Espagne, ainsi que la plupart de nos comédies." (Voltaire.)

Scène IV.

1106. *elle en a pris souci*, liter. she has taken care about it, i.e. she made a point of coming to see me. See above, ll. 365, 553.

1107.   ...*d'assez bonnes fortunes,* tolerably pleasant love affairs. *homme à bonnes fortunes* means a man who has many love intrigues.

1108.   ...*n'est pas (une) des plus communes.*

1110.   ...*m'y voulez-vous servir = voulez-vous me servir en cela?*

1122.   ...*tomber le mort à bas,* for *par terre.*

1123.   ...*vous démonter,* unhorse you.

1124.   *de sur une éminence,* we should now say *de dessus...*

1127.   *de beaucoup,* by far.

1128.   *et les ai fait entendre,* caused them (our remonstrances, *prières*), to be heard, i.e. got a hearing for them.

1132.   *il faudra caution,* you will want a security.

1135.   *ils en font = ils font sur ce sujet; ainsi que,* etc. = *ainsi qu'il leur semble bon.*

1136.   *Tandis = cependant;* see above, l. 911.

1143.   *que de telles matières; que* (L. quod) is redundant.

1144.   *Que j'en perds aussitôt les plus belles lumières. que* here is the conjunction. *lumières* means *connaissance, intelligence. Que je perds aussitôt la plus belle intelligence de ces matières.*

1146.   *sai* instead of *sais,* on account of the rhyme. See above, ll. 1, 883.

1150.   *à = pour.* See above, ll. 66, 899.

"On pouvait tirer un plus grand parti de l'aventure de Philiste, qui rencontre sa maîtresse dans la prison de Dorante : ce coup de théâtre, qui pouvait fournir les situations les plus intéressantes, ne produit qu'un mensonge aussi plat qu'inutile ; tout se borne à faire passer Mélisse pour une lingère : l'intrigue pouvait redoubler, et elle est affaiblie ; l'intérêt cesse dès qu'il n'y a plus de danger ; le comique cesse aussi dès qu'il n'est plus dans les situations : et voilà ce qui perd une pièce que quelques changements pouvaient rendre excellente." (Voltaire.)

Scène V.

1152.   ...*ou (que) je meure.* See above, l. 225.

1157.   *mon élection = mon choix.* Thus again :
"tant de captifs volontaires qui renoncent à la liberté, et qui s'enferment par *élection* et par conseil." (Balzac.)
élection used for *choix* is archaic.

1159.   (*qu'il*) *plût à Dieu.*

1160.   *comme quoi,* how ; i. e. *combien.*

1166.   ...*quelque vision,* some vain, ill-grounded fancy. Thus again :

"Sa *vision* (de la Grande Mademoiselle) était d'épouser M. le Prince, qui était marié, et dont la femme se portait bien." (Bussy-Rabutin.)

1168. *est (un) de vos coups de maître,* one of your master-strokes.

1175. *Tu fais bien le sévère,* you set up for a stern man. See above, l. 118.

1181. ...*dans votre peau,* liter. in your skin, i.e. with all your old propensities.

1187. *dispense* is used here in the sense of *autorise.*

1189. ...*étrillez-y moi bien,* give me a good thrashing on the spot. *étrillez* means literally to curry a horse (L. *strigilis,* a curry-comb).

ACTE IV.

Scène I.

1191. *et n'en suis pas remise,* and I have not recovered from it.

1192. *Aussi bien comme vous=que vous,* see above, l. 379.

1196. *s'acquitte,* means here *is favourably received,* liter. discharges (his duty).

1197. *fâcheux,* troublesome. *Fâcheux* is often used as a substantive, and means *a bore.*

1199. *depuis que=dès que, du moment que.* Voltaire condemns as a solecism *depuis que,* which however is constantly used. See Godefroy, s.v. *depuis.*

1204. *Il vous aurait donné,* etc., he would have attracted your notice, see above, l. 165.

1207. *qui s'en fait accroire,* who presumes upon himself.

1208. *rabat bien de sa gloire,* liter. abates a good deal of his own glory, i.e. is somewhat crest-fallen.

1209. *surpris qu'il en est=surpris comme il est de cela,* taken by surprise as he is.

1211. *il sait rendre le change,* he knows how to pay people back in their own coin.

1214. *ne vaut pas s'en fâcher=ne vaut pas la peine qu'on s'en fâche.* Thus again:

" La vie est peu de chose, et le peu qui t'en reste
    Ne vaut pas l'acheter par un prix si funeste." (*Cinna,* IV. 2.)

On this last couplet Voltaire remarks: " C'est ici le tour de phrase italien. On disait bien *non vale il comprar ;* c'est un trope dont Corneille enrichissait notre langue."

1217. *je vous ai mise en jeu,* I have brought you out ;=*produire, faire intervenir.*

1218. *son feu,* his love.

1224. *d'une amour,* see above, ll. 387, 430, 874, 1054.

1228. ...*c'est un accord bientôt fait que le nôtre,* our agreement is soon made. *que=quod,* see above, l. 936.

1230. *l'intelligence avant que de se voir=avant qu'on ne se voie. intelligence,* here *understanding.*

1235. *d'aucunes. aucun, aucune* is never used now in the plural. We find some instances of the plural in the works of eighteenth-century authors.

1237. *La langue en peu de mots en explique beaucoup.* The first *en* is the preposition ; the second is a personal pronoun, redundant here.

1239. *de quoi,* etc.=*quelle que soit la chose dont tous les deux nous instruisent à l'envi.* On *à l'envi,* see above, l. 310.

1240. On this passage Voltaire remarks :

" Si *la suite du Menteur* est tombée, ces vers ne le sont pas ; presque tous les connaisseurs les savent par cœur : c'est la même pensée qu'on voit dans *Rodogune,* et cela prouve que les mêmes choses conviennent quelquefois à la comédie et à la tragédie ; mais la comédie a sans doute plus de droit à ces petits morceaux naïfs et galants. Celui-ci a toujours passé pour achevé. Il n'y a que ce vers,

.   ' Et sans s'inquiéter de mille peurs frivoles,'

qui dépare un peu ce joli couplet." Corneille himself remarks in his *Discours du poëme dramatique :* " l'assurance que prend Mélisse, sur les premières protestations d'amour que lui fait Dorante, qu'elle n'a vu qu'une seule fois, ne se peut autoriser que sur la facilité et la promptitude que deux amants nés l'un pour l'autre ont à donner croyance à ce qu'ils s'entredisent ; et les douze vers qui expriment cette moralité en termes généraux ont tellement plu, que beaucoup de gens d'esprit n'ont pas dédaigné d'en charger leur mémoire."

1241. *comme dit Sylvandre.* Sylvander is one of the characters in d'Urfé's *Astrée.*

1242. *prend d'une autre l'aimant,* liter. *takes the magnet of another,* i. e. *is drawn towards another.*

1245. *de son village,* the village where *Astrée* was born ; situated on the banks of the Lignon, a small river in the south of France, which falls into the Loire a little above Feurs.

1246. *Céladon.* This proper name has become generally used to designate a languishing, lackadaisical lover. We say : *"faire le Céladon "..." c'est un Céladon,"* etc.—*étaient de mes parents,* were some of my relations.

1253. *De vrai,* really = *à la vérité.*

" Tout ceci est une allusion au roman de l'*Astrée* du marquis d'Urfé (Honoré, 1567—1625), roman qui eut en France beaucoup de réputation et de cours sous les règnes de Henri IV, et de Louis XIII, et qu'on lisait encore même dans les beaux jours de Louis XIV, sur la foi de sa réputation " (Voltaire). On d'Urfé's *Astrée,* see M. Demogeot's *Tableau de la littérature Française,* chap. I., and M. Saint-Marc Girardin's *cours de littérature dramatique,* vol. III.

1260. *jolie,* humorous, lively, see above, l. 225.

Scène II.

1263. *Dont vous tenez l'honneur...la vie. Dont* is here the ablative not the genitive, and expresses *cause,* not *possession.*

1265. (*vous imaginez-vous*) *qu'à cette lâcheté....*

1267. *quelque espoir qui...* = *quel espoir qui...,* see above ll. 39, 425.

1275. *de vrai* = *il est vrai,* see above, l. 1253.

1276. *il se l'imagine* = *il imagine qu'elle est ; se* is here in the dative.

1280. *à moins que de voir. que* redundant. See above, ll. 878, 1076.

1286. *assez accortement,* rather smartly, cleverly = *subtilement, adroitement.* The adjective *accort* is derived, not, as Voltaire supposed, from the Fr. *accord,* but from the Ital. *accorto* = clever, subtle.

" Louis XI était un monarque *accort...*" (Pasquier, *Recherches.*)

1290. *si je ne romps vos coups,* if I do not baffle you. The expression *rompre un coup* is taken from the game of tennis.

1291. *je n'en fais que rire,* I merely laugh at it.

1294. *Et c'est (ce) dont je me plains.* This elliptical form is often used by Corneille.

1304. *singulières,* marked, exceptional.

1305. (*celui* or *celle*) *qui donne....*

1306. *je m'y connais mal,* or I am very much mistaken.

1310. *pour vous en revancher,* to free you from your obligation. *revancher* is quite as correct as would be *revenger.* Comp. *pencher* from *pendicare.*

1314. *couleur,* pretence. See above, l. 127.

1316. *en soient* in the subjunctive by attraction on account of *que.*

1319. *je tiendrais à honneur,* I should consider it an honour. See above, l. 462.

1322. *à prendre la maison,* to take the (i.e. our) house; to make use of it as his own.

1335. *son courage=son cœur.*

1337. *m'en plaît...en est haut ; en* is here for *de lui.*

1344. *n'ont point de quoi lui plaire,* wherewith to please him, elliptical for *n'ont point (cela) de quoi (ils puissent) lui plaire.*

1346. *il en usera bien,* he will behave honourably. See above, ll. 40, 200, 1081.

1348. *vous serez à sa vue,* when you are exposed to his looks; we should say now *sous ses regards.*

1350. *avant que vous donner ;* the proper locution *avant que de...* being often awkward on account of the metre, the *de* was suppressed as in the present instance. The form *avant de* would be the one commonly used now; not only, however, does it not occur in the works of the classical seventeenth-century writers, but it is condemned as ungrammatical by the best critics of that epoch.

"Pour n'avoir pas su mettre en œuvre l'amour de Mélisse et le don de son portrait, la pièce languit. Cette scène de Cléandre et de Mélisse n'est qu'ingénieuse; toutes ces petites finesses refroidissent les spectateurs : il faut attacher dans la comédie comme dans la tragédie, quoique par des moyens absolument différents ; il faut que le cœur soit occupé ; il faut qu'on désire et qu'on craigne ; les situations doivent être vives : c'est ici tout le contraire." (Voltaire).

Scène III.

1353. *à bon marché,* cheap.

1359. *obéir par avance,* to obey beforehand.

1362. *Dont tout autre que lui ferait un mauvais plat,* liter. of which any one else but himself would make a bad dish ; i.e. of which any one else...would take an unfair advantage against you. "*Il n'en saurait faire un bon plat* (and, consequently, *il en ferait un mauvais plat*) se dit de quelqu'un qui tâche inutilement d'excuser une faute, ou qui veut dire quelque chose qu'on croit ne devoir pas produire un bon effet" (*Dictionnaire de l'Académie*).

1366. *Je le tiens* (*pour*) *indiscret*, see above, l. 663.

1369. *peut souffrir un ami*, ca nbe trusted to a friend.—*outre que*, besides the fact that....

1376. *Vous lui pouvez tantôt*, etc., you can, by and by, lecture him soundly on that subject. The verb *chapitrer* is more generally used now. Molière has: "demandez-lui un peu...comme je l'ai *chapitré*" (*Fourb. de Scapin*, I. 6).

1379. *que=combien......que le marché n'échappe*, lest the bargain should escape, i. e. fall through.

Scène IV.

1393. *Jusques en Bellecour, jusques* instead of *jusque*, on account of the metre. *en Bellecour*, see above, l. 1093.

1394. *en faveur=à la faveur*. Corneille also says *sous la faveur*:

"Marchons *sous la faveur* des ombres de la nuit."
(*l'Illusion comique*, III. 7.)

1395. *le temps est assez doux*, the weather is rather mild.

1399. (*vous imaginez-vous*, or *croyez-vous*) *que je vous laisse*; see above, l. 1265.

1403. *pour des rivaux=quant à des rivaux*, as for rivals.

1407. *J'ai du loisir assez*, inversion. *J'ai assez de loisir* would be impossible on account of the hiatus *j'ai assez*.

1410. *à cet échantillon=à en juger par cet échantillon*.

1412. *Et vous oblige*, and is kind to you.

1414. *ni beaucoup m'en louer*, nor to be very satisfied with her.

1417. *dedans*, for *dans*. See above, ll. 165, 266, 420.

1425. *je voi*, for *vois*. See above, ll. 1, 883, 1146.

1430. *gardera le mulet=s'ennuiera à attendre*, proverb, will most weary by waiting; synon. *garder les manteaux, tenir la chandelle;* the metaphor is taken from the fact that whilst the person to whom the mule belongs is enjoying himself, his servant or friend waits for him in the cold, keeping the mule in readiness.

1431. *Que de=combien de;* see also below, ll. 1435, 1436; *que j'en suis ravie...que mon sort...*and above, l. 1379.

1433. *au bruit=pendant le bruit*.

1434. *nous lui donnerons de jolis passe-temps;* ironically, we shall help him (Philiste) to while away the time pleasantly.

S. M. 8

Scène V.

1440. *Une amour.* See above, ll. 387, 430, 874, 1054.

1445. *J'ois,* archaic for *j'entends.* See above, l. 201.

1453. *qui ne méritait pas (de) rompre votre entretien.*

Scène VI.

1455. *embrouillait,* muddled.

1456. *Vidaient à coups de poing,* were settling with their fists ; *à = avec des.*

1458. *sa vertu,* his strength; here the equivalent of the L. *virtus.*

1461. *a tout fait écouler ; tout* for *tous ;* made them all flow (i.e. run) away.

1463. *Que Philiste...qu'il doit = combien.* See above, ll. 1379, 1431, 1435, 1436.

1467. *ce vacarme,* that din, that noise. Etym. the Flemish interjection *wacharme,* which Grimm (*German grammar,* III.) connects with the German *weh* and *arm.*

1469. *Qu'aucuns...* See above, l. 1235.

1474. *se perd = est perdu.*

1475. *idée* is used here in the sense of image. Gr. *ἰδέα.* See above, l. 446.

1481. *à mes esprits,* to my mind. Note the idiomatic use of the plural.

1483. *(par) manque d'amour,* for want of love.

1485. *il vous sert,* he waits upon you, i.e. he courts you; comp. the Ital. *cavaliere servante; vous* is here in the accusative.

1487. *n'en craignez rien = ne craignez rien de lui.*

1489. *élargi,* set at liberty.

1493. *Vous avez habitude = vous avez liaison, rapport habituel, commerce;* you are on intimate terms. This expression occurs frequently in the works of seventeenth-century authors. Thus :

"M. de Thou, avec lequel *j'avais habitude* et amitié particulière."

(Card. de Retz, *Mémoires.*)

1496. *Sans ombrage,* without suspicion.

1500. *de rompre le commerce,* to break up the intercourse.

Scène VII.

1501. *tôt = bientôt.* In like manner we find *tôt après* where we should now say *bientôt après:*

" La reine ayant appris cette triste nouvelle,
En reçut *tôt après* une autre plus cruelle."

(*Rodogune,* I. 4.)

1506. *en Bellecour.* See above, lL 1093, 1393.

1508. *massacrait* is put here instead of *tuait* by a kind of burlesque exaggeration.

1514. *Et leur donne souvent de dangereux paquets,* and often plays upon them dangerous tricks.
The *Dictionnaire de l'Académie* gives *donner un paquet* as the equivalent of *faire une malice.*

1518. (*un*) *temps couvert,* cloudy weather.

1519. *tu donnes une bourde* (etym. fr. Old French *Behourde* or *Behourt,* a lance used in a tournament; hence, says Schéler (*Dictionn. Etym.*), to joust, to tilt, and by extension, to play, to sport, to jest), you are laughing at us. Comp. Shakespeare:

" How could'st thou know these men in Kendal green, when it was so dark thou could'st not see thy hand?" (*K. Henry IV.* part I.)

1521. *C'était fait,* it was all over. L. *actum erat.*

1522. *sentant du secours,* perceiving that there was some help at hand. In the old French, *sentir* was used as the synonym of *connaître, entendre,* and even *voir.*

1523. *jouant des talons = s'enfuyant,* running away.

Scène VIII.

1536. *J'entends à demi-mot,* I guess what you mean, liter. I understand the word when it is only half uttered.

1537. *J'ai gagné votre mal,* I have caught your complaint.

1538. *Elle,* i. e. *l'occasion.* Allusion to the well-known French proverb, *l'occasion fait le larron.*

1539. *si j'en ai donné,* if I have told lies = *donner des bourdes.* See above, l. 1519.

1541. *Si je ne fusse chu,* if I had not fallen. Archaic for *tombé.*

1544. *M'eût bien = m'aurait bien... de votre nuit = avec votre nuit...*

1551. *...d'heur* (L. *augurium*) = *de bonheur.*

1553. *cette couleur = ce prétexte.* See above, ll. 127, 1314. *couleur* used with the meaning of *appearance, likelihood.*

1555. See *le Menteur,* III. 4.

1563. *De quel front*, with what boldness.—*se mit en évidence = se produisit* or *se déclarât*.

1565. *rompre ma prison; rompre* means here *to put an end to*. See above, l. 1500.

1575. *le*, i.e. *le choix.*

1576. *comme=que*. See above, ll. 379, 1192.

1579. *n'est qu'en inquiétude*, is only in a state of uneasiness.

ACTE V.

Scène I.

1591. *En tiens-tu donc pour moi ? = es-tu donc épris de moi?* are you then very much smitten with me? *en tenir* is the same as *tenir de l'amour, de la passion.*

1594. *Il ne tiendra qu'à toi*, it will depend only upon you. L. *per te stabit.*

1602. *plus souverains à = ayant une efficacité plus souveraine.*

1610. *grand merci*, hearty thanks. Comp. the Engl. *gramercy.* I should like to be let cheap out of that bargain; liter. at a cheaper rate than that of thanking you.

1613. *but à but = également, de la même manière.*

1629. *se rendre complaisant*, become obliging.

1630. *si tu n'en veux changer = si tu ne veux changer d'amant.*

1632. *plus sensibles*, more material.

1633. *Ne désespère* for *ne te désespère.*

1634. *tout vient à son point*, every thing comes in its proper time. The French proverb says: "' tout vient à point à qui sait attendre."

1636. *qu'est devenu ton maître*, for *ce qu'est devenu...; * what has become of your master.

1643. *comme=que*. See above, ll. 379, 1192, 1576.

1645. *après qu'il meurt...* since he is dying. *après* here is the same as *puisque.*

Scène II.

1648. *de bon courage = de* (for *avec*) *bon cœur.* See above, ll. 1027, 1335.

1655. *à grands coups = avec de grands coups.*

1661. *tout de bon*, in earnest.—*vous n'en avez pas lieu*, you have no reason to do so.

Scène III.

1681. *soutenez (moi).*

1683. *ne croissez pas.* Note that the verb *croître* is generally neuter now, but all the best writers of the seventeenth century used it indifferently as an active or a neuter verb.

1687. *pour redoubler=parce que l'on redouble...* Thus again:
"On n'est pas criminel toujours *pour* le paraître."
(T. Corneille, *Le comte d'Essex*, II. 2.)
=*parce qu'on le paraît.*

1694. *Traitez-moi de volage*, call me fickle.

1695. *Vous me serez plus douce=vous serez plus douce pour moi.*

1697. *À quelques lois...*, to whatever laws. See above, ll. 39, 425.

1702. *plus il est à priser*, the more he should be esteemed. *Priser* from the subst. *prix*, L. *pretium.*

1703. *dessus*, for *sur.* See above, ll. 165, 266, 420.

1721. *faites l'occasion*, make an opportunity for me; we should say now *ménagez l'occasion.*

1727. *pour n'offenser (ni) son amour ni le vôtre.*

1728. *vers*, for *envers*, towards. See above, l. 552.

1737-38. The construction of these two lines is as follows: *Combien conserver un secret en ces occasions est faire l'amant discret à contre-temps!* i.e. to keep a secret in a case like the present is to play inopportunely the part of a discreet lover.

1742. *ne vaut pas en parler=ne vaut pas qu'on en parle*, is not worth mentioning. See above, l. 1214.

1743. *La garde en importune...la perte en console*, the keeping of it is troublesome. *la garde...la perte d'un bien acquis sans peine.*

1762. *vous faites pour vous*, you act for your own interest.

1765. *vous avez fait l'amant*, you have acted the part of a lover.

1766. *d'un amusement=pour un amusement.*

1771. *objet* here means *person.* *...que la personne de Mélisse. que* in this line and in the following means *except*, according to an idiom frequently employed by writers of the sixteenth and seventeenth centuries. Thus:
"Sans que les réformés perdissent *qu*'un cadet."
(Agrippa d'Aubigné, *Histoire Universelle.*)
" Vivez sans penser *qu*'au jour où vous êtes."
(Madame de Maintenon.)

1774. *quelque lieu d'espérer*, some reason to hope.

1775. *cette amour.* See above, ll. 387, 430, 874, 1054, 1440.

1776. *Tant que=jusqu'à ce que.* This expression, notwithstanding Voltaire, is excellent French. Thus again:

" Adieu, je vais traîner une mourante vie,
Tant que par ta poursuite elle me soit ravie." (*Le Cid*, III. 4.)

1784. *à (celui) qui.* See above, l. 1305.

1785-6. This sentence is very involved. The order is: *vous ne devez pas moins au généreux secours (de Philiste) dont* (par lequel) *celui (Dorante) qui conserva ses jours* (i. e. *les jours de votre frère) tient le jour.*

1789. *c'est assez combattu;* ellipt. for *c'est avoir assez combattu.*

1790. *à leurs regards = sous leurs regards.*

Scène IV.

1796. *Ne m'échappez donc point; me* here is in the ablative.—*avant que m'introduire,* elliptical for *avant que de m'introduire.* See above, l. 1350.

1797. *vous prendrez votre temps sur le discours,* i.e. *pendant que nous discourrons.*

1807. *il est tout vrai,* it is quite true. *tout=tout à fait.* Thus again:

" Seigneur, il est *tout vrai,* j'aime en votre palais." (*Œdipe*, I. 12.)

Scène V.

1813. *En si bon entretien,* in such good company.

1817—18. *si trop peu...assez...,* and if your love touches me too little to elicit on my part a similar passion, it affects me sufficiently to draw from me a faithful piece of advice.

1832. *Le change= le changement,* according to an idiom which occurs frequently in the writings both of Corneille and of other seventeenth-century authors. Thus Malherbe : *"le change* des saisons."

1841. *en cavalier,* as a gentleman. Synon. *en honnête homme.*

1844. *charge* is here taken in the strict sense of the English *charge, accusation.*

1858. *trop malvoulu,* the object of too much ill will. *malvoulu= pour qui on est mal intentionné, pour qui on a de la malveillance.* The corresponding expression *bien voulu* occurs also :

" Un prince est *bien voulu* pour son humanité." (Garnier, *Porcie.*)

1861. *je m'en dois ressentir;* this is the English *to resent.*

1864—66. *Dont,* etc., from which the only conclusion you can draw is, that so faithful a friend, whom you venture to blame, loves you more than himself (*Dorante*) without esteeming you any the less.

1867. *Si pour lui*, etc., if your word serves as bail for him with the judge.

1876. *sans vous=sans votre aide*, without your assistance.

1878. *méconnaître*, pretend not to know.

1883. *n'est (pas) capable.*

1892. *dont=par lesquels.* Thus again :

"Mon âme vit l'erreur *dont* elle était séduite."

(*L'illusion comique,* I. I.)

1898. *croître=accroître.* See above, l. 1693.

1904. *à l'envi je vous serai fidèle,* I shall vie with you both in faithfulness. See above, L 310.

1905. *se peuvent aller seoir,* for *peuvent aller s'asseoir.* This advice is supposed to be given to persons in the pit of the theatre when spectators had to stand during the performance. The verb *seoir* is frequently used by Corneille (*a*) in the indicative present:

"Il *se sied;* il lui dit qu'il veut la voir pourvue."

(*le Menteur,* II. 5.)

(*b*) in the imperative, (*c*) in the infinitive :

"Eh bien ! *Seyez-vous* donc, marquis de Santillane,
Comte de Pennafiel, gouverneur de Burgos;
Don Manrique, est-ce assez pour faire *scoir* Carlos?"

(*Don Sanche d'Aragon.*)

Voltaire's concluding remark is worth quoting :

"Cette scène est encore manquée : l'auteur n'a point fait de Philiste l'usage qu'il en pouvait faire. Un rival ne doit jamais être un personnage épisodique et inutile. Philiste est froid ; et c'est, comme on l'a dit si souvent, le plus grand des défauts. Ce refrain, *Rentrez dans la prison dont vous vouliez sortir,* est encore plus froid que le caractère de Philiste ; et cette petite finesse anéantit tout le mérite que pouvait avoir Philiste en se sacrifiant pour son ami. Je ne sais si je me trompe ; mais, en donnant de l'âme à ce caractère, en mettant en œuvre la jalousie, en retranchant quelques mauvaises plaisanteries de Cliton, on ferait de cette pièce un chef-d'œuvre." (Voltaire.)

EXAMEN.

P. 83, l. 2. *bien que=quoique.* See above, l. 7.

Lope de Vegue; Felix Lope de Vega Carpio (1562—1635), one of the most celebrated of Spanish dramatists. Corneille has borrowed from him the subjects of several plays. *La Suite du Menteur* is imitated from a comedy entitled *Amar sin saber a quien* (to love without knowing whom).

l. 5.   *succès* is taken here in the sense of issue, whether good or bad. Thus again:

"Daignez, je vous conjure,
Attendre le succès qu'aura cette aventure."

(Molière, *Le dépit amoureux*, III. 7.)

l. 6.   *honnête homme*, a gentleman by birth, however immoral or even criminal he might be.—*de bonne humeur*, in an agreeable mood.

l. 7.   *un plaisant à gages*, a hired buffoon, i.e. a hired servant who plays the part of a merry-andrew.

l. 8.   *le rapport à l'autre*, the connection with the other play (*le Menteur*).

l. 19.   *cependant que*, for *pendant que;* a favourite expression with Corneille.   Thus:

"Je ne puis souffrir chez Sophocle que ce fils la poignarde de dessein formé *cependant qu'*elle est à genoux devant lui..." (*Discours de la tragédie.*)

l. 22.   *Le second*, the second act.

l. 29.   *qu'elle vantait d'une haute excellence*, which she praised as superlatively excellent.

bien qu'elle fussent, although they were.   See above, p. 17, l. 7, and p. 83, l. 2.

l. 33.   *la troupe du Marais*, this company of actors, settled in a district of Paris called *le Marais*, joined in 1680 the *troupe de l'hôtel de Bourgogne*, and formed with them the *théâtre Français*.

l. 34.   *succès.* See above.

l. 35.   *qui courent les provinces*, who perform in the provinces. *courir* is generally a neuter verb.   See above, l. 308.

l. 36.   *Théodore.* Corneille's tragedy bearing that name was brought out in 1645.

"*La Suite du Menteur* ne réussit point. Serait-il permis de dire qu'avec quelques changements elle ferait au théâtre plus d'effet que *le Menteur* même? L'intrigue de cette seconde pièce espagnole est beaucoup plus intéressante que la première. Dès que l'intrigue attache, le succès ne dépend plus que de quelques embellissements, de quelques convenances, que peut-être Corneille négligea trop dans les derniers actes de cette pièce." (Voltaire.)

CAMBRIDGE: PRINTED BY C. J. CLAY, M.A., AT THE UNIVERSITY PRESS.

UNIVERSITY PRESS, CAMBRIDGE.
August, 1880.

PUBLICATIONS OF

The Cambridge University Press.

THE HOLY SCRIPTURES, &c.

The Cambridge Paragraph Bible of the Authorized English
Version, with the Text revised by a Collation of its Early and
other Principal Editions, the Use of the Italic Type made uniform,
the Marginal References remodelled, and a Critical Introduction
prefixed, by the Rev. F. H. SCRIVENER, M.A., LL.D., one of the
Revisers of the Authorized Version. Crown Quarto, cloth gilt, 21*s.*

THE STUDENT'S EDITION of the above, on *good writing paper*, with
one column of print and wide margin to each page for MS. notes.
Two Vols. Crown Quarto, cloth, gilt, 31*s.* 6*d.*

The Lectionary Bible, with Apocrypha, divided into Sec-
tions adapted to the Calendar and Tables of Lessons of 1871.
Crown Octavo, cloth, 3*s.* 6*d.*

Breviarium ad usum insignis Ecclesiae Sarum. Fasciculus II.
In quo continentur PSALTERIUM, cum ordinario Officii totius
hebdomadae juxta Horas Canonicas, et proprio Completorii,
LITANIA, COMMUNE SANCTORUM, ORDINARIUM MISSAE CUM
CANONE ET XIII MISSIS, &c. &c. juxta Editionem maximam
pro CLAUDIO CHEVALLON et FRANCISCO REGNAULT A. D.
MDXXXI. in Alma Parisiorum Academia impressam : labore ac
studio FRANCISCI PROCTER, A.M., et CHRISTOPHORI WORDS-
WORTH, A.M. Demy 8vo., cloth, 12*s.*

The Pointed Prayer Book, being the Book of Common
Prayer with the Psalter or Psalms of David, pointed as they are
to be sung or said in Churches. Embossed cloth, Royal 24mo, 2*s.*

The same in square 32mo, cloth, 6*d.*

The Cambridge Psalter, for the use of Choirs and Organists.
Specially adapted for Congregations in which the "Cambridge
Pointed Prayer Book" is used. Demy 8vo. cloth, 3*s.* 6*d.* Cloth
limp cut flush, 2*s.* 6*d.*

The Paragraph Psalter, arranged for the use of Choirs by
BROOKE FOSS WESTCOTT, D.D., Canon of Peterborough, and
Regius Professor of Divinity, Cambridge. Fcp. 4to. 5*s.*

Greek and English Testament, in parallel columns on the
same page. Edited by J. SCHOLEFIELD, M.A. late Regius Professor of Greek in the University. *New Edition, with the marginal
references as arranged and revised by* DR SCRIVENER. Cloth, red
edges. 7*s.* 6*d.*

London : Cambridge Warehouse, 17 Paternoster Row.

Greek and English Testament. THE STUDENT'S EDITION of the above on *large writing paper.* 4to. cloth. 12s.

Greek Testament, ex editione Stephani tertia, 1550. Small Octavo. 3s. 6d.

The Gospel according to St Matthew in Anglo-Saxon and Northumbrian Versions, synoptically arranged: with Collations of the best Manuscripts. By J. M. KEMBLE, M.A. and Archdeacon HARDWICK. Demy Quarto. 10s.

The Gospel according to St Mark in Anglo-Saxon and Northumbrian Versions, synoptically arranged, with Collations exhibiting all the Readings of all the MSS. Edited by the Rev. Professor SKEAT, M.A. Demy Quarto. 10s.

The Gospel according to St Luke, uniform with the preceding, edited by the Rev. Professor SKEAT. Demy Quarto. 10s.

The Gospel according to St John, uniform with the preceding, edited by the Rev. Professor SKEAT. Demy Quarto. 10s.

The Missing Fragment of the Latin Translation of the Fourth Book of Ezra, discovered, and edited with an Introduction and Notes, and a facsimile of the MS., by R. L. BENSLY, M.A., Fellow of Gonville and Caius College. Cloth, 10s.

THEOLOGY—(ANCIENT).

Sayings of the Jewish Fathers, comprising Pirqe Aboth and Pereq R. Meir in Hebrew and English, with Critical and Illustrative Notes; and specimen pages of the Cambridge University Manuscript of the Mishnah 'Jerushalmith'. By C. TAYLOR, M.A., Fellow and Divinity Lecturer of St John's College. Demy Octavo. 10s.

Theodore of Mopsuestia's Commentary on the Minor Epistles of S. Paul. The Latin Version with the Greek Fragments, edited from the MSS. with Notes and an Introduction, by H. B. SWETE, B.D., Rector of Ashdon, Essex, and late Fellow of Gonville and Caius College, Cambridge. In two Volumes. Vol. I., containing the Introduction, and the Commentary upon Galatians—Colossians. Demy Octavo. 12s.
VOLUME II. *In the Press.*

Sancti Irenæi Episcopi Lugdunensis libros quinque adversus Hæreses, versione Latina cum Codicibus Claromontano ac Arundeliano denuo collata, præmissa de placitis Gnosticorum prolusione, fragmenta necnon Græce, Syriace, Armeniace, commentatione perpetua et indicibus variis edidit W. WIGAN HARVEY, S.T.B. Collegii Regalis olim Socius. 2 Vols. Demy Octavo. 18s.

M. Minucii Felicis Octavius. The text newly revised from the original MS. with an English Commentary, Analysis, Introduction, and Copious Indices. Edited by H. A. HOLDEN, LL.D. Head Master of Ipswich School, late Fellow of Trinity College, Cambridge. Crown Octavo. *7s. 6d.*

Theophili Episcopi Antiochensis Libri Tres ad Autolycum. Edidit, Prolegomenis Versione Notulis Indicibus instruxit GULIELMUS GILSON HUMPHRY, S.T.B. Post Octavo. *5s.*

Theophylacti in Evangelium S. Matthæi Commentarius. Edited by W. G. HUMPHRY, B.D. Demy Octavo. *7s. 6d.*

Tertullianus de Corona Militis, de Spectaculis, de Idololatria, with Analysis and English Notes, by GEORGE CURREY, D.D. Master of the Charter House. Crown Octavo. *5s.*

THEOLOGY—(ENGLISH).

Works of Isaac Barrow, compared with the original MSS., enlarged with Materials hitherto unpublished. A new Edition, by A. NAPIER, M.A. of Trinity College, Vicar of Holkham, Norfolk. Nine Vols. Demy Octavo. *£3. 3s.*

Treatise of the Pope's Supremacy, and a Discourse concerning the Unity of the Church, by ISAAC BARROW. Demy Octavo. *7s. 6d.*

Pearson's Exposition of the Creed, edited by TEMPLE CHEVALLIER, B.D., late Professor of Mathematics in the University of Durham, and Fellow and Tutor of St Catharine's College, Cambridge. Second Edition. Demy Octavo. *7s. 6d.*

An Analysis of the Exposition of the Creed, written by the Right Rev. Father in God, JOHN PEARSON, D.D., late Lord Bishop of Chester. Compiled for the use of the Students of Bishop's College, Calcutta, by W. H. MILL, D.D. late Regius Professor of Hebrew in the University of Cambridge. Demy Octavo, cloth. *5s.*

Wheatly on the Common Prayer, edited by G. E. CORRIE, D.D. Master of Jesus College, Examining Chaplain to the late Lord Bishop of Ely. Demy Octavo. *7s. 6d.*

The Homilies, with Various Readings, and the Quotations from the Fathers given at length in the Original Languages. Edited by G. E. CORRIE, D.D. Master of Jesus College. Demy Octavo. 7s. 6d.

Two Forms of Prayer of the time of Queen Elizabeth. Now First Reprinted. Demy Octavo. 6d.

Select Discourses, by JOHN SMITH, late Fellow of Queens' College, Cambridge. Edited by H. G. WILLIAMS, B.D. late Professor of Arabic. Royal Octavo. 7s. 6d.

Cæsar Morgan's Investigation of the Trinity of Plato, and of Philo Judæus, and of the effects which an attachment to their writings had upon the principles and reasonings of the Fathers of the Christian Church. Revised by H. A. HOLDEN, LL.D. Head Master of Ipswich School, late Fellow of Trinity College Cambridge. Crown Octavo. 4s.

De Obligatione Conscientiæ Prælectiones decem Oxonii in Schola Theologica habitæ a ROBERTO SANDERSON, SS. Theologiæ ibidem Professore Regio. With English Notes, including an abridged Translation, by W. WHEWELL, D.D. late Master of Trinity College. Demy Octavo. 7s. 6d.

Archbishop Usher's Answer to a Jesuit, with other Tracts on Popery. Edited by J. SCHOLEFIELD, M.A. late Regius Professor of Greek in the University. Demy Octavo. 7s. 6d.

Wilson's Illustration of the Method of explaining the New Testament, by the early opinions of Jews and Christians concerning Christ. Edited by T. TURTON, D.D. late Lord Bishop of Ely. Demy Octavo. 5s.

Lectures on Divinity delivered in the University of Cambridge. By JOHN HEY, D.D. Third Edition, by T. TURTON, D.D. late Lord Bishop of Ely. 2 vols. Demy Octavo. 15s.

GREEK AND LATIN CLASSICS, &c.

(*See also* pp. 12, 13.)

The Agamemnon of Aeschylus. With a translation in English Rhythm, and Notes Critical and Explanatory. By BENJAMIN HALL KENNEDY, D.D., Regius Professor of Greek. Crown 8vo. 6s.

The Theætetus of Plato by the same Editor. [*In the Press.*

P. Vergili Maronis Opera, cum Prolegomenis et Commentario Critico pro Syndicis Preli Academici edidit BENJAMIN HALL KENNEDY, S.T.P., Graecae Linguae Professor Regius. Cloth, extra fcp. 8vo, red edges, price 5*s.*

Select Private Orations of Demosthenes with Introductions and English Notes, by F. A. PALEY, M.A., Editor of Aeschylus, etc. and J. E. SANDYS, M.A., Fellow and Tutor of St John's College, and Public Orator in the University of Cambridge.
Part I. containing Contra Phormionem, Lacritum, Pantaenetum, Boeotum de Nomine, Boeotum de Dote, Dionysodorum. Crown Octavo, cloth. 6*s.*
Part II. containing Pro Phormione, Contra Stephanum I. II.; Nicostratum, Cononem, Calliclem. Crown Octavo, cloth. 7*s.* 6*d.*

The Bacchae of Euripides, with Introduction, Critical Notes, and Archæological Illustrations, by J. E. SANDYS, M.A., Fellow and Tutor of St John's College, and Public Orator. Crown Octavo, cloth. 10*s.* 6*d.*

M. T. Ciceronis de Natura Deorum Libri Tres, with Introduction and Commentary by JOSEPH B. MAYOR, M.A., Professor of Classical Literature at King's College, London, together with a new collation of several of the English MSS. by J. H. SWAINSON, M.A., formerly Fellow of Trinity College, Cambridge. Demy Octavo, cloth. 10*s.* 6*d.*

M. T. Ciceronis de Officiis Libri Tres with Marginal Analysis, an English Commentary, and Indices. Third Edition, revised, with numerous additions, by H. A. HOLDEN, LL.D., Head Master of Ipswich School. Crown Octavo, cloth. 9*s.*

M. T. Ciceronis pro Cn. Plancio oratio by the same Editor.
[*In the Press.*

Plato's Phædo, literally translated, by the late E. M. COPE, Fellow of Trinity College, Cambridge. Demy Octavo. 5*s.*

Aristotle. The Rhetoric. With a Commentary by the late E. M. COPE, Fellow of Trinity College, Cambridge, revised and edited by J. E. SANDYS, M.A., Fellow and Tutor of St John's College, and Public Orator. 3 Vols. Demy 8vo. £1 11*s.* 6*d.*

ΠΕΡΙ ΔΙΚΑΙΟΣΥΝΗΣ. The Fifth Book of the Nicomachean Ethics of Aristotle. Edited by HENRY JACKSON, M.A., Fellow of Trinity College, Cambridge. Demy 8vo, cloth. 6*s.*

Pindar. Olympian and Pythian Odes. With Notes Explanatory and Critical, Introductions and Introductory Essays. Edited by C. A. M. FENNELL, M.A., late Fellow of Jesus College. Crown 8vo. cloth. 9*s.*

The Isthmian and Nemean Odes by the same Editor.
[*Preparing.*

London: Cambridge Warehouse, 17 Paternoster Row.

SANSKRIT AND ARABIC.

Nalopákhyánam, or, The Tale of Nala; containing the Sanskrit Text in Roman Characters, followed by a Vocabulary and a sketch of Sanskrit Grammar. By the Rev. THOMAS JARRETT, M.A., Regius Professor of Hebrew. Demy Octavo. 10*s.*

The Poems of Beha ed din Zoheir of Egypt. With a Metrical Translation, Notes and Introduction, by E. H. PALMER, M.A., Lord Almoner's Professor of Arabic in the University of Cambridge. 3 vols. Crown Quarto. Vol. II. The ENGLISH TRANSLATION. Paper cover, 10*s.* 6*d.* Cloth extra, 15*s.* [Vol. I. The ARABIC TEXT is already published.]

MATHEMATICS, PHYSICAL SCIENCE, &c.

A Treatise on Natural Philosophy. Volume I. Part I. By Sir W. THOMSON, LL.D., D.C.L., F.R.S., Professor of Natural Philosophy in the University of Glasgow, and P. G. TAIT, M.A., Professor of Natural Philosophy in the University of Edinburgh. Demy 8vo. cloth, 16*s.*

Elements of Natural Philosophy. By Professors Sir W. THOMSON and P. G. TAIT. Part I. *Second Edition.* 8vo. cloth, 9*s.*

An Elementary Treatise on Quaternions. By P. G. TAIT, M.A., Professor of Natural Philosophy in the University of Edinburgh. *Second Edition.* Demy 8vo. 14*s.*

A Treatise on the Theory of Determinants and their Applications in Analysis and Geometry. By ROBERT FORSYTH SCOTT, M.A., of Lincoln's Inn; Fellow of St John's College, Cambridge. Demy 8vo. 12*s.*

Counterpoint. A practical course of study. By Professor G. A. MACFARREN, Mus. Doc. Second Edition, revised. Demy 4to. cloth. 7*s.* 6*d.*

The Analytical Theory of Heat. By JOSEPH FOURIER. Translated, with Notes, by A. FREEMAN, M.A., Fellow of St John's College, Cambridge. Demy 8vo. 16*s.*

Mathematical and Physical Papers. By GEORGE GABRIEL STOKES, M.A., D.C.L., LL.D., F.R.S., Fellow of Pembroke College and Lucasian Professor of Mathematics. Reprinted from the Original Journals and Transactions, with additional Notes by the Author. Vol. I. Demy 8vo, cloth. 15*s.*

The Electrical Researches of the Honourable Henry Caven- dish, F.R.S. Written between 1771 and 1781, Edited from the original manuscripts in the possession of the Duke of Devonshire, K.G., by J. CLERK MAXWELL, F.R.S. Demy 8vo. cloth, 18s.

Hydrodynamics, a Treatise on the Mathematical Theory of Fluid Motion, by HORACE LAMB, M.A., formerly Fellow of Trinity College, Cambridge; Professor of Mathematics in the University of Adelaide. Demy 8vo. cloth, 12s.

The Mathematical Works of Isaac Barrow, D.D. Edited by W. WHEWELL, D.D. Demy Octavo. 7s. 6d.

Illustrations of Comparative Anatomy, Vertebrate and In- vertebrate, for the Use of Students in the Museum of Zoology and Comparative Anatomy. Second Edition. Demy 8vo. cloth, 2s. 6d.

A Catalogue of Australian Fossils (including Tasmania and the Island of Timor), by R. ETHERIDGE, Jun., F.G.S., Acting Palæontologist, H.M. Geol. Survey of Scotland. Demy 8vo. 10s. 6d.

A Synopsis of the Classification of the British Palæozoic Rocks, by the Rev. ADAM SEDGWICK, M.A., F.R.S., with a systematic description of the British Palæozoic Fossils in the Geological Museum of the University of Cambridge, by FREDERICK McCOY, F.G.S. One vol., Royal Quarto, cloth, Plates, £1. 1s.

A Catalogue of the Collection of Cambrian and Silurian Fossils contained in the Geological Museum of the University of Cambridge, by J. W. SALTER, F.G.S. With a Preface by the Rev. ADAM SEDGWICK, F.R.S. With a Portrait of PROFESSOR SEDGWICK. Royal Quarto, cloth, 7s. 6d.

Catalogue of Osteological Specimens contained in the Ana-tomical Museum of the University of Cambridge. Demy 8vo. 2s. 6d.

Astronomical Observations made at the Observatory of Cam-bridge by the Rev. JAMES CHALLIS, M.A., F.R.S., F.R.A.S., Plumian Professor of Astronomy from 1846 to 1860.

Astronomical Observations from 1861 to 1865. Vol. XXI. Royal Quarto, cloth, 15s.

LAW.

A Selection of the State Trials. By J. W. WILLIS-BUND, M.A., LL.B., Barrister-at-Law, Professor of Constitutional Law and His-tory, University College, London. Vol. I. Trials for Treason (1327—1660). Crown 8vo., cloth. 18s. Vol. II. [*In the Press.*

London: Cambridge Warehouse, 17 Paternoster Row.

The Fragments of the Perpetual Edict of Salvius Julianus,
Collected, Arranged, and Annotated by BRYAN WALKER, MA.,
LL.D., Law Lecturer of St John's College, and late Fellow of
Corpus Christi College, Cambridge. Crown 8vo., cloth. *Price* 6s.

The Commentaries of Gaius and· Rules of Ulpian. (*New
Edition.*)᾿ Translated and Annotated, by J. T. ABDY, LL.D.,
late Regius Professor of Laws, and BRYAN WALKER, M.A.,
LL.D., Law Lecturer of St John's College. Crown Octavo, 16s.

The Institutes of Justinian, translated with Notes by J. T.
ABDY, LL.D., and BRYAN WALKER, M.A., LLD., St John's
College, Cambridge. Crown Octavo, 16s.

Selected Titles from the Digest, annotated by BRYAN
WALKER, M.A., LL.D. Part I. Mandati vel Contra. Digest
xvii. I. Crown Octavo, 5s.

Part II. De Adquirendo rerum dominio, and De Adquirenda
vel amittenda Possessione, Digest XLI. I and 2. Crown 8vo. 6s.

Grotius de Jure Belli et Pacis, with the Notes of Barbeyrac
and others; accompanied by an abridged Translation of the Text,
by W. WHEWELL, D.D. late Master of Trinity College. 3 Vols.
Demy Octavo, 12s. The translation separate, 6s.

HISTORICAL WORKS.

Life and Times of Stein, or Germany and Prussia in the
Napoleonic Age, by J. R. SEELEY, M.A., Regius Professor of
Modern History in the University of Cambridge. With Portraits
and Maps. 3 vols. Demy 8vo. 48s.

Scholae Academicae: some Account of the Studies at the
English Universities in the Eighteenth Century. By CHRISTOPHER
WORDSWORTH, M.A., Fellow of Peterhouse; Author of "Social
Life at the English Universities in the Eighteenth Century." Demy
Octavo, cloth, 15s.

History of Nepāl, translated from the Original by MUNSHI
SHEW SHUNKER SINGH and Pandit SHRĪ GUNĀNAND; edited
with an Introductory Sketch of the Country and People by Dr D.
WRIGHT, late Residency Surgeon at Kāthmāndū, and with nume-
rous Illustrations and portraits of Sir JUNG BAHĀDUR, the King of
Nepāl, and other natives. Super-Royal Octavo, 21s.

The University of Cambridge from the Earliest Times to
the Royal Injunctions of 1535. By JAMES BASS MULLINGER, M.A.
Demy 8vo. cloth (734 pp.), 12s.

London : Cambridge Warehouse, 17 *Paternoster Row.*

History of the College of St John the Evangelist, by THOMAS BAKER, B.D., Ejected Fellow. Edited by JOHN E. B. MAYOR, M.A., Fellow of St John's. Two Vols. Demy 8vo. 24*s.*

The Architectural History of the University and Colleges of Cambridge, by the late Professor WILLIS, M.A. With numerous Maps, Plans, and Illustrations. Continued to the present time, and edited by JOHN WILLIS CLARK, M.A., formerly Fellow of Trinity College, Cambridge. [*In the Press.*

CATALOGUES.

Catalogue of the Hebrew Manuscripts preserved in the University Library, Cambridge. By Dr S. M. SCHILLER-SZINESSY. Volume I. containing Section I. *The Holy Scriptures;* Section II. *Commentaries on the Bible.* Demy 8vo. 9*s.*

A Catalogue of the Manuscripts preserved in the Library of the University of Cambridge. Demy 8vo. 5 Vols. 10*s.* each.

Index to the Catalogue. Demy 8vo. 10*s.*

A Catalogue of Adversaria and printed books containing MS. notes, preserved in the Library of the University of Cambridge. 3*s. 6d.*

The Illuminated Manuscripts in the Library of the Fitz-william Museum, Cambridge, Catalogued with Descriptions, and an Introduction, by WILLIAM GEORGE SEARLE, M.A., late Fellow of Queens' College, and Vicar of Hockington, Cambridgeshire. 7*s. 6d.*

A Chronological List of the Graces, Documents, and other Papers in the University Registry which concern the University Library. Demy 8vo. 2*s. 6d.*

Catalogus Bibliothecæ Burckhardtianæ. Demy Quarto. 5*s.*

MISCELLANEOUS.

Statuta Academiæ Cantabrigiensis. Demy 8vo. 2*s.*

Ordinationes Academiæ Cantabrigiensis. New Edition. Demy 8vo., cloth. 3*s. 6d.*

Trusts, Statutes and Directions affecting (1) The Professor-ships of the University. (2) The Scholarships and Prizes. (3) Other Gifts and Endowments. Demy 8vo. 5*s.*

A Compendium of University Regulations, for the use of persons in Statu Pupillari. Demy 8vo. 6*d.*

London: Cambridge Warehouse, 17 *Paternoster Row.*

The Cambridge Bible for Schools.

GENERAL EDITOR: J. J. S. PEROWNE, D.D., DEAN OF
PETERBOROUGH.

THE want of an Annotated Edition of the BIBLE, in handy portions,
suitable for school use, has long been felt.

In order to provide Text-books for School and Examination pur-
poses, the CAMBRIDGE UNIVERSITY PRESS has arranged to publish the
several books of the BIBLE in separate portions, at a moderate price,
with introductions and explanatory notes.

Some of the books have already been undertaken by the following
gentlemen:

Rev. A. CARR, M.A., *Assistant Master at Wellington College.*
Rev. T. K. CHEYNE, M.A., *Fellow of Balliol College, Oxford.*
Rev. S. COX, *Nottingham.*
Rev. A. B. DAVIDSON, D.D., *Prof. of Hebrew, Free Church Coll. Edinb.*
Rev. F. W. FARRAR, D.D., *Canon of Westminster.*
Rev. A. E. HUMPHREYS, M.A., *Fellow of Trinity College, Cambridge.*
Rev. A. F. KIRKPATRICK, M.A., *Fellow and Lecturer of Trinity College.*
Rev. J. J. LIAS, M.A., *late Professor at St David's College, Lampeter.*
Rev. J. R. LUMBY, D.D., *Norrisian Professor of Divinity.*
Rev. G. F. MACLEAR, D.D., *Warden of St Augustine's Coll. Canterbury.*
Rev. H. C. G. MOULE, M.A., *Fellow of Trinity College, Cambridge.*
Rev. W. F. MOULTON, D.D., *Head Master of the Leys School, Cambridge.*
Rev. E. H. PEROWNE, D.D., *Master of Corpus Christi College,
    Cambridge, Examining Chaplain to the Bishop of St Asaph.*
The Ven. T. T. PEROWNE, B.D., *Archdeacon of Norwich.*
Rev. A. PLUMMER, M.A., *Master of University College, Durham.*
Rev. E. H. PLUMPTRE, D.D., *Professor of Biblical Exegesis, King's
    College, London.*
Rev. W. SANDAY, D.D., *Principal of Bishop Hatfield Hall, Durham.*
Rev. W. SIMCOX, M.A., *Rector of Weyhill, Hants.*
Rev. ROBERTSON SMITH, M.A., *Professor of Hebrew, Aberdeen.*
Rev. A. W. STREANE, M.A., *Fellow of Corpus Christi College.*
The Ven. H. W. WATKINS, M.A., *Archdeacon of Northumberland.*
Rev. G. H. WHITAKER, M.A., *Fellow of St John's College, Cambridge.*
Rev. C. WORDSWORTH, M.A., *Rector of Glaston, Rutland.*

Now Ready. Cloth, Extra Fcap. 8vo.

THE BOOK OF JOSHUA. By the Rev. G. F. MACLEAR, D.D.
With Two Maps. Cloth. 2s. 6d.

THE BOOK OF JONAH. By Archdeacon PEROWNE.
With Two Maps. Cloth. 1s. 6d.

THE GOSPEL ACCORDING TO ST MATTHEW. By the
Rev. A. CARR, M.A. With Two Maps. Cloth. 2s. 6d.

London: Cambridge Warehouse, 17 *Paternoster Row.*

THE GOSPEL ACCORDING TO ST MARK. By the Rev.
G. F. MACLEAR, D.D. With Two Maps. Cloth. 2s. 6d.

THE GOSPEL ACCORDING TO ST LUKE. By the Rev.
F. W. FARRAR, D.D. With Four Maps. Cloth. 4s. 6d.

THE ACTS OF THE APOSTLES. Part I., Chaps. I.—XIV.
By the Rev. Professor LUMBY, D.D. Cloth. 2s. 6d.

THE EPISTLE TO THE ROMANS. By the Rev. H. C. G.
MOULE, M.A. Cloth. 3s. 6d.

THE FIRST EPISTLE TO THE CORINTHIANS. By the
Rev. Prof. LIAS, M.A. With a Plan and Map. Cloth. 2s.

THE SECOND EPISTLE TO THE CORINTHIANS. By
the Rev. Prof. LIAS, M.A. With a Plan and Map. Cloth. 2s.

THE GENERAL EPISTLE OF ST JAMES. By the Rev.
E. H. PLUMPTRE, D.D. Cloth. 1s. 6d.

THE EPISTLES OF ST PETER AND ST JUDE. By the
Rev. E. H. PLUMPTRE, D.D. Cloth. 2s. 6d.

Preparing.

THE GOSPEL ACCORDING TO ST JOHN. By the Rev.
W. SANDAY, D.D., and the Rev. A. PLUMMER, M.A.

THE FIRST BOOK OF SAMUEL. By the Rev. A. F.
KIRKPATRICK, M.A.

THE BOOK OF ECCLESIASTES. By the Rev. E. H.
PLUMPTRE, D.D.

THE BOOK OF JEREMIAH. By the Rev. A. W. STREANE,
M.A. [*Nearly ready.*

THE BOOKS OF HAGGAI AND ZECHARIAH. By
Archdeacon PEROWNE.

In Preparation.

THE CAMBRIDGE GREEK TESTAMENT

FOR SCHOOLS AND COLLEGES,

with a Revised Text, based on the most recent critical authorities, and
English Notes, prepared under the direction of the General Editor,

THE VERY REVEREND J. J. S. PEROWNE, D.D.,

DEAN OF PETERBOROUGH.

THE GOSPEL ACCORDING TO ST MATTHEW. By the
Rev. A. CARR, M.A. [*In the Press.*

The books will be published separately, as in the Cambridge Bible for Schools.

London: Cambridge Warehouse, 17 Paternoster Row.

THE PITT PRESS SERIES.

ADAPTED TO THE USE OF STUDENTS PREPARING
FOR THE
UNIVERSITY LOCAL EXAMINATIONS,
AND THE HIGHER CLASSES OF SCHOOLS.

I. GREEK.

Luciani Somnium Charon Piscator et De Luctu. (*New Edition with Appendix*.) With English Notes, by W. E. HEITLAND, M.A., Fellow of St John's College, Cambridge. *Price 3s. 6d.*

The Anabasis of Xenophon, Book VI. With a Map and English Notes by ALFRED PRETOR, M.A., Fellow of St Catharine's College, Editor of Sophocles (Trachiniæ) and Persius. *Price 2s. 6d.*

—— **Books I. III. IV. and V.** By the same Editor. *Price 2s. each.* **Book II.** *Price 2s. 6d.*

Agesilaus of Xenophon. The Text revised with Critical and Explanatory Notes, Introduction, Analysis, and Indices. By H. HAILSTONE, M.A., late Scholar of Peterhouse, Cambridge, Editor of Xenophon's Hellenics, etc. *Price 2s. 6d.*

Aristophanes—Ranae. With English Notes and Introduction by W. C. GREEN, M.A., Assistant Master at Rugby School. Cloth. *3s. 6d.*

Aristophanes—Aves. By the same Editor. *New Edition.* Cloth. *3s. 6d.*

Euripides. Hercules Furens. With Introduction, Notes and Analysis. By J. T. HUTCHINSON, M.A., Christ's College, and A. GRAY, M.A., Fellow of Jesus College, Cambridge. *Price 2s.*

II. LATIN.

M. T. Ciceronis de Amicitia. Edited by J. S. REID, M.L., Fellow of Gonville and Caius College, Cambridge. *Price 3s.*

M. T. Ciceronis de Senectute. Edited by J. S. REID, M.L., *Price 3s. 6d.*

P. Vergili Maronis Aeneidos Liber VII. Edited with Notes by A. SIDGWICK, M.A., Tutor of Corpus Christi College, Oxford. *Price 1s. 6d.*

—— **Books VI. VIII. X. XI. XII.** By the same Editor. *Price 1s. 6d. each.*

—— **Books VII. VIII.** bound in one volume. *Price 3s.*

—— **Books X. XI. XII.** bound in one volume. *Price 3s. 6d.*

PITT PRESS SERIES (*continued*).

Quintus Curtius. A Portion of the History (Alexander in India). By W. E. HEITLAND, M.A., Fellow and Lecturer of St John's College, Cambridge, and T. E. RAVEN, B.A., Assistant Master in Sherborne School. With Two Maps. *Price 3s. 6d.*

Gai Iuli Caesaris de Bello Gallico Comment. I. II. With Maps and Notes by A. G. PESKETT, M.A. Fellow of Magdalene College, Cambridge. *Price 2s. 6d.*

Gai Iuli Caesaris de Bello Gallico Comment. IV., V., and Com. VII. By the same Editor. *Price 2s.* each.

P. Ovidii Nasonis Fastorum Liber VI. With Notes by A. SIDGWICK, M.A. Tutor of Corpus Christi College, Oxford. *Price 1s. 6d.*

M. T. Ciceronis Oratio pro Archia Poeta. By J. S. REID, M.L., Fellow of Gonville and Caius College, Cambridge. *Price 1s. 6d.*

M. T. Ciceronis pro L. Cornelio Balbo Oratio. By J. S. REID, M.L., Fellow of Gonville and Caius College. *Price 1s. 6d.*

Beda's Ecclesiastical History, Books III., IV., printed from the MS. in the Cambridge University Library. Edited, with a life, Notes, Glossary, Onomasticon, and Index, by J. E. B. MAYOR, M.A., Professor of Latin, and J. R. LUMBY, D.D., Norrisian Professor of Divinity. *Price 7s. 6d.*

M. T. Ciceronis in Q. Caecilium Divinatio et in C. Verrem Actio. With Notes by W. E. HEITLAND, M.A., and H. COWIE, M.A., Fellows of St John's Coll., Cambridge. *Price 3s.*

M. T. Ciceronis in Gaium Verrem Actio Prima. With Notes by H. COWIE, M.A., Fellow of St John's Coll. *Price 1s. 6d.*

M. T. Ciceronis Oratio pro L. Murena, with English Introduction and Notes. By W. E. HEITLAND, M.A., Fellow of St John's College, Cambridge. Second Edition. *Price 3s.*

M. T. Ciceronis Oratio pro Tito Annio Milone, with English Notes, &c., by the Rev. JOHN SMYTH PURTON, B.D., late Tutor of St Catharine's College. *Price 2s. 6d.*

M. Annaei Lucani Pharsaliae Liber Primus, with English Introduction and Notes by W. E. HEITLAND, M.A., and C. E. HASKINS, M.A., Fellows of St John's Coll., Cambridge. *1s. 6d.*

London: Cambridge Warehouse, 17 Paternoster Row.

PITT PRESS SERIES (*continued*).
III. FRENCH.

Histoire du Siècle de Louis XIV, par Voltaire. Chaps. I.—XIII. Edited with Notes Philological and Historical, Biographical and Geographical Indices, etc. by GUSTAVE MASSON, B.A. Univ. Gallic., Assistant Master of Harrow School, and G. W. PROTHERO, M.A., Fellow and Lecturer of King's College, Cambridge, Examiner for the Historical Tripos. *Price 2s. 6d.*

—— **Part II. Chaps. XIV.—XXIV.** By the same Editors. With Three Maps. *Price 2s. 6d.*

Le Verre D'Eau. A Comedy, by SCRIBE. With a Biographical Memoir, and Grammatical, Literary and Historical Notes, by C. COLBECK, M.A., late Fellow of Trinity College, Cambridge; Assistant Master at Harrow School. *Price 2s.*

M. Daru, par M. C. A. SAINTE-BEUVE (Causeries du Lundi, Vol. IX.). With Biographical Sketch of the Author, and Notes Philological and Historical. By GUSTAVE MASSON, B.A. Univ. Gallic., Assistant Master and Librarian, Harrow School. *Price 2s.*

La Suite du Menteur. A Comedy by P. CORNEILLE. With Notes Philological and Historical by the same. *Price 2s.*

La Jeune Sibérienne. Le Lépreux de la Cité D'Aoste. Tales by COUNT XAVIER DE MAISTRE. With Biographical Notices, Critical Appreciations, and Notes, by the same. *Price 2s.*

Le Directoire. (Considérations sur la Révolution Française. Troisième et quatrième parties.) Par MADAME LA BARONNE DE STAËL-HOLSTEIN. With Notes by the same. *Price 2s.*

Fredégonde et Brunehaut. A Tragedy in Five Acts, by N. LEMERCIER. With Notes by the same. *Price 2s.*

Dix Années d'Exil. Livre II. Chapitres 1—8. Par MADAME LA BARONNE DE STAËL-HOLSTEIN. With Notes Historical and Philological. By the same. *Price 2s.*

Le Vieux Célibataire. A Comedy, by COLLIN D'HARLEVILLE. With Notes, by the same. *Price 2s.*

La Métromanie, A Comedy, by PIRON, with Notes, by the same. *Price 2s.*

Lascaris, ou Les Grecs du XVᴱ Siècle, Nouvelle Historique, par A. F. VILLEMAIN, with a Selection of Poems on Greece, and Notes, by the same. *Price 2s.*

PITT PRESS SERIES (*continued*).

IV. GERMAN.

Hauff, Das Wirthshaus im Spessart. By A. SCHLOTTMANN, Ph.D., Assistant Master at Uppingham School. *Price* 3*s.* 6*d.*

Der Oberhof. A Tale of Westphalian Life, by KARL IM-MERMANN. With a Life of Immermann and English Notes, by WILHELM WAGNER, Ph.D., late Professor at the Johanneum, Hamburg. *Price* 3*s.*

A Book of German Dactylic Poetry. Arranged and Annotated by WILHELM WAGNER, Ph.D. *Price* 3*s.*

Der erste Kreuzzug (1095—1099) nach FRIEDRICH VON RAUMER. THE FIRST CRUSADE. Arranged and Annotated by WILHELM WAGNER, Ph. D. *Price* 2*s.*

A Book of Ballads on German History. Arranged and Annotated by WILHELM WAGNER, PH. D. *Price* 2*s.*

Der Staat Friedrichs des Grossen. By G. FREYTAG. With Notes. By WILHELM WAGNER, PH. D. *Price* 2*s.*

Goethe's Knabenjahre. (1749—1759.) Goethe's Boyhood: being the First Three Books of his Autobiography. Arranged and Annotated by the same Editor. *Price* 2*s.*

Goethe's Hermann and Dorothea. With an Introduction and Notes. By the same Editor. *Price* 3*s.*

Das Jahr 1813 (THE YEAR 1813), by F. KOHLRAUSCH. With English Notes by the same Editor. *Price* 2*s.*

V. ENGLISH.

The Two Noble Kinsmen, edited with Introduction and Notes by the Rev. Professor SKEAT, M.A., formerly Fellow of Christ's College, Cambridge. Cloth, extra fcap. 8vo. *Price* 3*s.* 6*d.*

Bacon's History of the Reign of King Henry VII. With Notes by the Rev. Professor LUMBY, D.D., Fellow of St Catharine's College, Cambridge. Cloth, extra fcap. 8vo. *Price* 3*s.*

Sir Thomas More's Utopia. With Notes by the Rev. Professor LUMBY, D.D. *Price* 3*s.* 6*d.*

Locke on Education. With Introduction and Notes by the Rev. R. H. QUICK, M.A. *Price* 3*s.* 6*d.*

Sir Thomas More's Life of Richard III. With Notes, &c., by Professor LUMBY. [*In Preparation.*

Lectures on Education, delivered in the University of Cambridge in the Lent Term, 1880. By J. G. FITCH, Her Majesty's Inspector of Schools. [*In the Press.*

Other Volumes are in preparation.

London: Cambridge Warehouse, 17 Paternoster Row.

University of Cambridge.

LOCAL EXAMINATIONS.

Examination Papers, for various years, with the *Regulations for the Examination.* Demy Octavo. 2s. each, or by Post 2s. 2d. (*The Regulations for the Examination in* 1880 *are now ready.*)

Class Lists for Various Years. 6d. each, by Post 7d. After 1877, Boys 1s. Girls 6d.

Annual Reports of the Syndicate, with Supplementary Tables showing the success and failure of the Candidates. 2s. each, by Post 2s. 2d.

HIGHER LOCAL EXAMINATIONS.

Examination Papers for 1880, *to which are added the Regulations for* 1881. Demy Octavo. 2s. each, by Post 2s. 2d.

Reports of the Syndicate. Demy Octavo. 1s., by Post 1s. 1d.

TEACHERS' TRAINING SYNDICATE.

Examination Papers for 1880, *to which are added the Regulations for* 1881. Demy Octavo. 6d., by Post 7d.

CAMBRIDGE UNIVERSITY REPORTER.

Published by Authority.

Containing all the Official Notices of the University, Reports of Discussions in the Schools, and Proceedings of the Cambridge Philosophical, Antiquarian, and Philological Societies. 3d. weekly.

CAMBRIDGE UNIVERSITY EXAMINATION PAPERS.

These Papers are published in occasional numbers every Term, and in volumes for the Academical year.

Vol. VIII. Parts 87 to 104. Papers for the Year 1878—9, 12s. *cloth.*
Vol. IX. „ 105 to 119. „ „ 1879—80, 12s. *cloth.*

London:

CAMBRIDGE WAREHOUSE, 17 PATERNOSTER ROW.
Cambridge: DEIGHTON, BELL AND CO.
Leipzig: F. A. BROCKHAUS.

CAMBRIDGE: PRINTED BY C. J. CLAY, M.A. AT THE UNIVERSITY PRESS.